紙墨斯磨
孜孜不倦

無悔

千面樂園

我們的兒童樂園

邱健恩　著

責任編輯　郭子晴　　**排　版**　陳先英

裝幀設計　黃希欣　　**修　圖**　黃希欣　吳丹娜

　　　　　　　　　　　　印　務　劉漢舉

出版

中華書局（香港）有限公司

香港北角英皇道四九九號北角工業大廈一樓 B

電話：（852）2137 2338

傳真：（852）2713 8202

電子郵件：info@chunghwabook.com.hk

網址：http://www.chunghwabook.com.hk

發行

香港聯合書刊物流有限公司

香港新界大埔汀麗路三十六號

中華商務印刷大廈三字樓

電話：（852）2150 2100

傳真：（852）2407 3062

電子郵件：info@suplogistics.com.hk

印刷

美雅印刷製本有限公司

香港觀塘榮業街六號海濱工業大廈四樓 A 室

版次

2020 年 7 月初版

©2020 中華書局（香港）有限公司

規格

16 開（270mm × 218mm）

ISBN

普通版：978-988-8675-88-3

特別版：978-988-8675-89-0

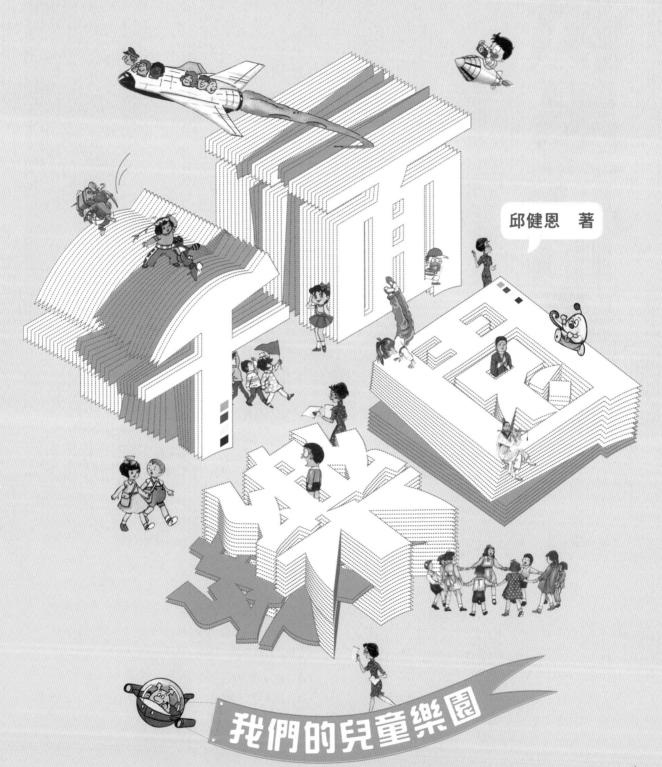

邱健恩　著

我們的兒童樂園

中華書局

紙墨情緣

序 ———— 張浚華

一直有讀者有意無意地請我出版一本《兒童樂園》封面全集。哈哈，我甚麼年紀了。中國文人信天命，一切自有上天安排。這些事情留待年輕的有心人去做好了。「斯人不出，奈天下蒼生何。」這個大氣磅礡的「斯人」，我也不知道哪裏去找。那些「蒼生」（當然是指等待《兒童樂園》封面全集出版的讀者），你們就請耐心等待吧。

2011 年胡惟忠教授來找我。他爺爺胡家健教授和友聯出版社高層稔熟，所以他是長期贈戶。他有一幅圖畫習作曾經刊登在《兒童樂園》。他念念不忘《兒童樂園》。我們見了七次面吃了八頓飯，因為有一次吃完中飯談興仍濃，一直談到又吃晚飯。胡教授問《兒童樂園》甚麼時候上網。我答說了十幾年現在還沒有，你來做也可以。就這樣閒話一句，他就做將起來。

這項工程當然巨大，先要齊集 1006 本《兒童樂園》就不容易。然後還要逐本逐頁去掃描。胡教授的教務已經夠忙碌，為這件事出錢出力還廢寢忘餐，我很過意不去，三番幾次和他說不如不做算了。他說這是他的樂趣。

2013 年中我因脊椎骨有一節塌陷，入醫院住了三個月，回家後仍要臥床休息。這年的 11 月「重建我們的樂園」成功上網。消息馬上傳遍世界。讀者們最高興了。胡教授家學淵源，中英文俱優，理性科學，兼有文學修養，虛懷若谷。他在香港科技大學土木工程及環境學系任教，曾獲優質教學獎，為人低調，努力不懈，義不容辭，像足《兒童樂園》同人。這項終極的貢獻為《兒童樂園》畫上一個圓滿的句號。但他始終不肯承認自己是網主。

張浚華與羅冠樵。

本人已年屆八十，希望在有生之年公開這件事，還他一個公道，並請他做接班人，看守網站。幾經要求，終於在 2018 年 5 月和他上商業電台節目「光明頂」公告天下。

2020 年 2 月，新冠狀病毒肆虐香港，當時防疫已經開始，天真未鑿的胡廣煊硬是不肯取消約會，楊維邦說源永文和邱健恩也要見我，那就大家戴着口罩一起出席茶聚好了。幾個人在談書展，又提到出版《兒童樂園》封面全集的事。邱健恩博士說他可以編寫一點。邱博士胖胖的一臉童稚，五官精緻，笑容可愛。我想，這人小時候一定是羅冠樵筆下的小胖；但頭面滾圓，又好像是我的叮噹。

第二次見面我終於忍不住問，小時候有沒有人叫你小胖。問得不是時候。他沒有回答，誰也沒有做聲。因為那時是在中華書局會議室開會。在座的還有第一次見面的黎總。我馬上便有其他人的共同想法：老太婆怎麼返老還童了，在談正事啊。後來才知道，邱博士天生是

瘦，修養積聚，十年十年的循序遞增，才達到這個心廣體胖的境界。貨真價實，具相為證。小時候不是小胖，教學時倒是有學生送他綽號叮噹。

邱博士體重的分量不算甚麼，他內涵的分量才叫驚人。他博學多才博聞廣識，中文是其本業，又專研金庸小說，旁及檔案文獻之學，入世而不庸俗。他懂得多，看得準，轉數快，寫作做事都快人以倍數計。他又有一雙巧手，懂得裝幀書籍，又做微型古籍，又學陶瓷修復。他多功能，人又熱心。

我們決定出版這本《兒童樂園》封面全集，定名《千面樂園》。在還沒怎麼認識邱博士之前，就決定讓他去做這本書的編寫工作，因為我感覺到他就是「天將降大任於斯人」的斯人。他義務去做，不收版稅，還謝我給他機會。又一個斯人出來了，謝謝天。這些天上掉下來、送到我面前的人，一個兩個都是那麼異乎尋常的優秀。

5

我本以為《千面樂園》只刊登 1006 個封面，原來邱博士連帶內容作全面的鋪陳和評述。我接受過很多訪問亦做過口述歷史，有人研究《兒童樂園》，更有人論述羅冠樵，但從沒有像邱博士這次在《千面樂園》評述得那麼全面和透徹。他彷彿走進了叮噹的時光機看着出版社每個階段如何發展，又像站在高處鳥瞰《兒童樂園》，一覽無遺後，又作縱切、橫切的解剖。在短短的一兩個月內完成這樣大的工程，恐怕也只有他這樣有學養有識見有深度有靈氣的人，才可光速般飛快地完成。存在我記憶中的《兒童樂園》印象是否正確，還待邱博士的檔案文物文獻整理才可以肯定。所以《兒童樂園》又多了一個立體真實的歷史。

《兒童樂園》除了胡教授的網上版「重建我們的樂園」，還有這個書本版《千面樂園》，我真是想也想不到會有後續，更想不到會如此美滿。

防疫初期口罩難求，一位越南讀者小時候參加《兒童樂園》圖畫比賽獲獎一盒顏色筆，現在

他送我一盒口罩，請另外兩位《兒童樂園》讀者交給我。那天我要去看眼醫做手術，這兩位深情讀者，戴着口罩陪我在醫療所逗留了幾小時，我很感動。這些年待我好的讀者數之不盡。幾年前我曾說過，《兒童樂園》的讀者一個比一個可愛。現在再多活了幾年，要修正為：《兒童樂園》的讀者和《叮噹》迷是我生命中的精彩。

我本人微不足道。讀者因為看了一個故事、一幅圖畫、一句話，或者得到一盒彩筆、幾張彩紙的鼓勵，而活出光輝燦爛、厚德載道或天天開心的人生，那是讀者的智慧發揮得好。我要謝謝你們。你們令我光彩。

我一生浸在愛海。爺爺抱孫心切，盼星星盼月亮的盼着我面世，然後不管青紅皂白地愛我愛個不亦樂乎。我差點沒有被這家人寵壞。我爺爺忠貞，送我去台大升學，讀了一年，遇上炮轟金門，家人趕緊接我回來，於是我就近入讀新亞書院哲學系二年級，與當代大儒唐君毅先生、牟宗三先生不期而遇。可惜本人愚魯，學

不到多少哲學理論。唐先生一句「花果飄零，靈根自植」卻影響我至深，主宰我一生，因為我把根植在《兒童樂園》，在那裏安身立命工作了一輩子。

我深愛《兒童樂園》，停刊後歇了一會，又再繼續：做口述歷史回顧《兒童樂園》的工作。每次做完都有更深刻的體會。這次和邱博士做《千面樂園》感觸特別深。因為邱博士地氈式搜查資料，翻出了千重浪。我重溫故事，或閱讀未看過的故事圖畫，覺得畫家，特別是羅冠樵和李成法，每半個月都在短短的時間內畫出這樣多這樣出色的作品，是多麼的難能可貴。微薄的報酬無礙他們的表現與操守，一直奮發做到最好。長年累月無怨無悔的工作了三十多年。

工作期間，我們談的都是工作，沒有是是非非，沒有閒話家常，也沒有噓寒問暖，好像也沒有鼓勵讚美。知道銷路顯著上升了，心裏高興，也就笑了笑。遇到脫期脫得厲害，就吵一架志在催稿，書趕出來就沒事了。然後又開始趕下一期。因為長期趕稿，不說話可以多做事，所以催稿吵架也是一種溝通，電光火石之間擦出火花。譬如羅冠樵說：「老闆都不急你急甚麼？」我就說：「那麼我們還要不要出版？下次不如你催我。」又譬如最後一次，羅冠樵讓我催急了告哀，說：「其實我一生人只想討好兩個女人，一個是我太太，一個就是你。」這次以後我就沒有再催稿。我領他這份情。

畫家趕得吃力，還要畫到最好，一方面是忠於自己，忠於工作，也希望得到我的認同。這也可以說是討好我。我敬重羅冠樵，更感激羅冠樵。我要回報他、討好他：推崇他為香港兒童文藝宗師，為他出版《西遊記故事新編》，為他出版《小圓圓》，為他辦一個宗師級的喪禮，請才子陶傑、畫家阿虫、尊子等（都是他的讀者）為他扶靈。

為了這次書展，我從文物裏找到蛛絲馬跡，發現一本羅冠樵送給我的小畫冊，上面寫著給「浚華老同志」，我心頭一暖。我想我和他是心靈相通，很有默契地出版《兒童樂園》的。我和畫家一起並肩作戰，年年月月天長地久合作無間，薪酬薄，沒有讚美沒有鼓勵，仍然可以這樣合拍，經得起考驗。

畫家們真可愛，真了不起。他們自重自愛，孜孜不倦。我愛畫家。畫家應該是我的最愛。早期來《兒童樂園》投稿的李惠珍，七年前我們重遇，情同姊妹。我甫入《兒童樂園》便過見的第一代畫家郭禮明，至今仍有通電話。一木時有茶聚。潘麗珊最近來找我敍舊，說她原不想走，但薪水實在太低了。陳子沖、李子倫也常在念想中。很感謝潘偉在《兒童樂園》留了幾年。與鍾德華不止一次茶聚。難忘李志豪的溫文爾雅，馬志明的藝術家堅持。還有新人張盛，陪我和李成法留守到最後。

假如書本也有命運，《兒童樂園》應該是上佳的命運。因為創辦的是當時顯赫的友聯出版社，精英雲集。她是香港第一本彩色兒童刊物，也是香港歷史上最暢銷最長壽的兒童刊物，行銷世界各地，深受歡迎，並得到家長、教師推薦，一直叫好叫座。工作人員不辭勞苦，鞠躬盡瘁。出版社走下坡仍然一枝獨秀。出版了四十二年後停刊，讀者成長了但仍對她念念不忘，還有一個兩個傑出奇才盡心盡力為她延續發光發熱。

張浚華

2020 年月 5 月 14 日

出生記

《千面樂園——我們的兒童樂園》

作者序 ———— 邱健恩

不相干的人與不相干的話

負責書展的好友源永文兄1月底時向我表示，今年書展「文藝廊」展覽落實以《兒童樂園》做主題，並想商借《兒童樂園》台柱畫家羅冠樵的手稿。如此珍貴的文物，我當然沒有。不過，香港文化博物館曾於2008-09年間舉辦羅冠樵展覽，我原想透過任職博物館的朋友看看有沒有人脈找到畫稿，但還沒開口，就發現當年負責展覽的人都已經調任或離職，線索斷了。我轉而求教於楊維邦先生。維邦兄是香港當今漫畫研究「界」的泰山北斗，我尊敬的前輩。得他相助，找到《兒童樂園》最後一任社長張浚華女士。後來我才知道，當年博物館為羅冠樵辦展覽時，《兒童樂園》手稿都由張社長借出，羅老自己並沒有保留。

透過維邦兄，終於成功邀得社長出來一聚。2月

5日，大家相約於寶琳茶樓一見。席間五人，除了社長、維邦兄、永文兄和我，還有初相識的胡廣煊兄。廣煊兄是《兒童樂園》迷，現已移民加拿大，每次回港都會與社長見面。這個時候，香港因為突如其來的新冠疫情搞得人心惶惶，社長本不希望飯聚，但敵不過廣煊兄堅持，只好勇敢赴約。我與永文兄也因此搭上便車，於疫症臨城之際與社長成為「生死」之交。

五人當中，展覽既與我無關，手稿更非我所有，我是最沒有功能的閒人，只是由於維邦兄沒有見過永文兄，我權充引薦人，出席只為湊熱鬧。只是，沒想到我無心快言的一句話，讓事情橫生「枝節」。我隨口問了一句：「難得有展覽，未來十年應該不會再有。除了展覽，會不會出一些紀念品來留念呢？」我這句話沒有對象，回答的可以是社長，也可以是其他人。結果社長接了招，反問我出甚麼紀念品？我回

答：「哪怕是一本書，如封面大全集。」不待社長反應，廣煊兄已連聲表示贊成。社長聽後簡單地回覆：「不會有人想買的。」這時候，我忽然化身伯明翰學派的當代傳人，文化研究者上身，說了一番大義凜然的話，大意是《兒童樂園》對香港文化功不可沒，不能悄無聲息消失於時代洪流之中……然後是一片靜默，大家都沒有任何反應，我的提議最終不了了之。

沒想到兩個星期後，手機忽然收到社長傳來的訊息：「如果出書，要想個好書名，叫《兒童樂園的 1006 面》或《千面樂園》，哪個較好？」之後通了電話，彼此就書名、內容、出版社交換意見，而最重要的問題是：由誰來做這件事？為了成事，我自告奮勇，表示願意「協助」。最後，社長請我探路，看看有沒有出版社願意出版。我即時聯絡了中華書局（香港）有限公司，當天便收到回覆，對方欣然答應。

一個多星期後，我們又再做「生死」之交：到中華書局開會。由於不想浪費大家時間，我希望能一次敲定所有事情，於是毛遂自薦，就出版細節預備了一份建議，讓雙方有個底稿互相討論。很幸運地，建議的內容得到認同，中華同意出版，而社長同意讓中華出版。這些建議，後來就成了本書的基本架構。說是封面大全集，其實不只是收錄封面，還有四十二年來的內容回顧，以及「兒童樂園半月刊社」的烽火歲月。

會後，社長忽然跟我說，這本書由我當作者。有點受寵若驚。我原意只想當個助手，之前通電話時，我表示可以整理資料，執筆寫內容回顧，至於歷史部分，必須由社長口述，我筆錄整理。由於東西屬於社長，我自然不敢以作者自居。畢竟，能夠參與這個工作，已經是莫大的光榮，有沒有名，有沒有利，根本不重要。現在，社長讓我當本書作者，除了喜，更多的是驚。

我去年寫《漫筆金心》，雖然只有兩個月時間，但一點也不緊張，很有信心把事情做好。畢竟，這個題材已經在腦袋千迴百轉。《兒童樂園》卻不同，那是每個人的童年回憶。讀者如果看到本書，第一時間就會聯想到自己的童年歲月，那段有《兒童樂園》相伴的童年舊事。要是翻開書後，找不到他們的回憶，就會產生落差，失望而回。有了這個想法，我更感不妙。

整理與快速瀏覽海量資料

實際整理資料時，我感受更深。《兒童樂園》有四十二年歷史一千零六期，加起來超過 35,000 頁。我都看過嗎？自然沒有。既然沒有全看過，又如何介紹內容呢？於是，我花了整整一個月的時間來整理資料，邊看邊分類，把不同類型的故事與專欄分門別類（結果是分了 25 大類，136 小類，210 種子類）。可以想想，我只有一個月時間，但要把 35,000 多頁的資料分類與歸類，同一類中有大類與小類，每一小類少則只有一到兩條內容，多的數以百計（如西遊記、叮噹、動物故事、童話、播音台）。分完類後，我已經筋疲力盡。

分類後便打算動筆，選了人人都認識的「小圓圓」來試筆。可是，任何看過《兒童樂園》的人，都知道「小圓圓」故事。我要怎樣寫，才能勾起他們的興趣？對於不曾接觸《兒童樂園》與「小圓圓」故事的人，我又想告訴他們甚麼？想了一下，沒有概念，只好重看「小圓圓」故事，邊看邊找靈感。「小圓圓」在《兒童樂園》連載了七百二十多期，每期至少兩頁，重看一次等於至少要看 1,440 頁。我釐定方向，用最快速的閱讀方式瀏覽這個連載了整整三十年的故事。最後花了半天時間寫了三千多字，連重看的一天時間，光是寫「小圓圓」一節就花了一天半，可謂嘔心瀝血。我終於意識到，這本擁有四十二年歷史的《兒童樂園》，實在碰不得。我太天真了：哪怕是小小的課題，要翻看的資料都數以百頁計，想要在短時間內釐清脈絡，勾選合適的重點，回顧內容，其實只

左起：邱健恩、源永文、張浚華、胡廣煊，還有相片以外負責拍照未能入鏡的楊維邦。

是痴人說夢。然而，船已起錨，除了向前，沒有退路。

我們都是瞎子

在思考選取何種觀點介紹內容時，我體會到，在《兒童樂園》這隻大象跟前，我們每個人都是瞎子。可不是嗎？我們童年時看到的《兒童樂園》都只是它漫長出版歷史中的一小段，每人都只摸到大象的某個部位，還沒有摸到其他的，《兒童樂園》與童年歲月就已經從生命中悄悄離去。幾十年後的今天，有人記得故鄉情濃的封面，有人記得那滿天神仙與法寶的中國神話，更有人畢生難忘的只是叮噹與大雄的幻想故事與烏龍生活。所謂「集體回憶」，其實是「集體回憶拼圖」，而整理浩瀚資料、快速瀏覽、博聞強記，等於讓我收集了全部拼圖，我要做的，只是告訴每個瞎子讀者他們還沒有摸到的其他部位到底是何模樣。唯有這樣，眾人腦袋中的《兒童樂園》才會變得整全，而我們才算真正認識這位童年朋友。

從不信任到信任

上中下三篇中，上篇〈樂園內外〉最是難搞，難在年湮代遠，文獻不足，也難在只有一家之言。「兒童樂園半月刊社」成立四十二年，有四個靈魂人物：第一任社長楊望江、創辦人兼

唯一主編羅冠樵、最後一任社長張浚華、與社長留守到最後的李成法。這四人中，楊望江失聯，羅冠樵、李成法師徒已經辭世，只剩張浚華斯人獨憔悴。張社長 1963 年開始擔任執行編輯，《兒童樂園》這時已經出版十年多了。十年前的人和事，張社長不曾接觸與經歷，只能從模糊記憶中找尋前輩閒談中的隻言片語。沒有了第一代社長與主編的口述歷史，我只能從「播音台」的記錄中勾勒出部分歷史痕跡。（幸好後來找到楊望江的訪問稿，詳見下文。）

不過，即使是張社長「盤踞」《兒童樂園》那三十二年的人和事，也不代表容易寫得真確與精彩。原因有二，第一、盧瑋鑾與熊志琴曾在 2006 年替張社長做了一次詳細的口述歷史，那個時候，社長才六十八歲，距離《兒童樂園》停刊才十二年，很多事情仍算記憶猶新。這篇訪問稿後來收錄在《香港文化眾聲道 2》一書中，內容架構完備。珠玉在前，難有突破。第二、即使同是第一手文獻資料，也會互相抵觸，讓人難以弄清真相。舉例來說，社長提供了一張黑白照片，相中人有當時還是童星的馮寶寶擔任抽獎嘉賓，也有社長，以及羅冠樵的弟子郭禮明，那是兒童樂園的周年聯歡聚會。問題是，這是第幾周年的聯歡會呢？社長說是第十一周年。然而，從「播音台」的記錄可以看到第十一周年並沒有周年慶祝會，第十二周年倒是在荔園舉辦了活動。一個活生生的記

憶庫與 1964 年時那一段記錄對不上來，怎麼辦？開始時，我選擇相信當年的記錄，因為半個世紀以前的事，今天的記憶容或出錯，也合情合理。但社長不服氣，提出兩個反駁：「播音台」沒有提及的不等於沒有（因為播音台的內容都由社長撰文），而更有力的證明是，相中人馮寶寶與社長身處的那個「台」，是在樂宮戲院而不是在荔園。許多問題，我問得仔細，也時常提出反駁，初時還讓社長誤以為我不信任她。但我依然故我，每天晚上，都會草擬問題，或提出可疑之處，再加上每天寫完的稿件，以訊息發送給社長。翌日早上，社長就會錄音回覆，或解答問題，或評價稿件。上篇，也就是在「提問→求證→回覆→撰寫→評價→提問→……」的無限個循環中慢慢完成。

重建我們的樂園

1972 年年底，我剛滿七歲不久，才第一次看《兒童樂園》，「中國神話」連載到第一百七十回，寫三仙子的雲霄仙子祭出混元金斗，收了太乙真人的神火罩與姜子牙的打神鞭，從此入了迷，被深深吸引住。為了尋找「失落」的故事，我把所有零用錢都拿來買舊書，斷斷續續追回部分以前的期數。除了「中國神話」，我還看了不少歷史故事，腦袋中累積了一點點文化印象，也為日後修讀中國文學埋下種子。幾十年過去了，二手市場上《兒童樂園》愈賣愈貴，我喜歡看的「中國神話」卻始終未能一窺全豹。直到 2013 年，胡惟忠博士在社長授意下展開「重建我們的樂園」工程，把一千零六期的《兒童樂園》全部掃描，放到互聯網上。那是無私的奉獻，偉大的功業，也遂了我早已遺忘的心願。

謝謝再謝謝

能夠參與記錄《兒童樂園》，是從天而降的福分。《兒童樂園》讀者數以萬計，只有我能中

選。如果與當年獲贈「哈哈俱樂部」獎品相比，現在的喜悅必然是百倍千倍。撰寫本書期間，得到許多朋友幫助，張浚華社長把家裏翻來覆去，找到許多半月刊社早已失傳的刊物（如兒童圖畫故事叢書、兒童文藝叢書），又提供羅冠樵的手稿畫作（收錄在本書特別版中）。遠在加拿大的廣煊兄藏有《開天闢地》，那是「中國神話」唯一的單行本，也是珍稀之物。黃潔貞博士研究《兒童文藝叢書》多年，曾訪問第一任社長楊望江。黃博士給了我很多資料（包括訪問稿），讓我得以填補半月刊社前十年發展的空白「記憶」。還有維邦兄替我解答畫壇舊事的疑問，永文兄為我拍攝實物與掃描圖片。交稿以後，我為一直找不到羅冠樵《水滸傳》單行本而引以為憾，卻無意中在臉書看到，那是遠在馬來西亞的曾繁偉兄珍藏舊本。我原不認識對方，硬着頭皮聯絡，他答應為我掃描封面與部分內頁。看到掃描後，我才發現當年半月刊社竟然罕有地以鏡射方式製作《水滸傳》單行本。還有李志清先生，我去年出版《漫筆金心》，曾厚顏請他繪製封面。今年知道我要寫《千面樂園》，卻主動畫了兩張線描畫讓我放在書中。我想，志清兄與我一樣，都是《兒童樂園》的讀者，能夠在《兒童樂園》歷史中留下自己的身影，實在是人間美事。

最後，我得感謝家母。常言道，「棒下出孝子，嚴師出高徒」，我媽是我幼稚園的老師，既是嚴母（當然，也是慈母），也是嚴師。不過，她不用棍棒，只用雙手，多次撕掉我收藏的武打漫畫（撕了後我再買回來），唯獨《兒童樂園》能倖免於難。從小學到中學，我反覆多次翻看虎口餘生的《兒童樂園》，記下樂園每個故事。今年 2 月與社長見面時，如數家珍，或許正因為這點記憶，我獲得信任，寫成本書。

是為記。

邱健恩

目錄

樂園內外

《兒童樂園》的人和事

《兒童樂園》創刊於 1953 年 1 月 15 日，1994 年 12 月 16 日停刊，共 1006 期，是香港有史以來出版年期最長、出版期數最多的兒童讀物。《兒童樂園》是半月刊，由「兒童樂園社」（後更名為「兒童樂園半月刊社」，以下簡稱「半月刊社」）出版，每月出版日期為 1 日與 16 日。[1] 半月刊社隸屬於友聯社。除了《兒童樂園》外，友聯社還出版其他刊物。

在長達四十二年的發展中，《兒童樂園》有兩個重要支柱人物：羅冠樵與張浚華。從兩人合作關係劃分，《兒童樂園》的發展可以分為三個階段，第一階段是 1953 年到 1963 年，張浚華還沒有加入半月刊社，由楊望江任督印人（社長），羅冠樵任主編。第二階段是 1963 至 1982 年，張浚華於 1963 年加入《兒童樂園》，擔任執行編輯，與主編羅冠樵合作了整整二十年。第三階段是 1983 年到 1994 年，羅冠樵於 1982 年離開半月刊社，《兒童樂園》只剩張浚華。

1　創刊初期原在 1 日與 15 日出版，改名半月刊社後改在 1 日與 16 日出版。

第一階段 1953-1963

《兒童樂園》的第一個十年

《兒童樂園》的創刊班底可謂人材濟濟。友聯社創辦人徐東濱在《兒童樂園》三十周年時回憶創刊初期情況：

> 「兒童樂園」是友聯出版社的第三個期刊……參加籌辦「兒童樂園」的朋友相當多。文字和事務方面，有邱然（筆名燕歸來）、陳濯生、閻起白、余德寬、和我自己等人；藝術工作方面主要是羅冠樵、吳喜生、潘誠。籌備期間的工作地點在九龍鑽石山大觀路十六號；那座小平房，名為「半山別墅」，前後有寬大的院子，那時月租似乎只要二百元左右……「兒童樂園」這個名稱是潘誠提出來的……
> （徐東濱〈賀「兒童樂園」，《新報》1983 年 2 月 10 日〉）

出版《兒童樂園》，原來是為了比賽：

> 一九五二年底他們幾個人……商議策劃趕出一本小書參加一項比賽，獲獎的可以得到主辦單位贊助全年的出版費用……結果勝出了，這本小書就是《兒童樂園》。[2]

當時還有畫家張一渠。不過，繪畫工作主要落在羅冠樵身上。張浚華說：

這些領導人要照顧的事多的是，他們開了頭，相當成功，就忙別的事情去了。……潘誠、吳喜生雖然是畫家，但他倆不擅長又不喜歡畫插圖，所以不久就走了，張一渠也只留了三個月……[3]

新報 一九八三年二月十日

古今中外

賀「兒童樂園」

徐東濱

這本六十八頁厚，七吋寬、八吋高的刊物，不由得拿着回想起當年籌辦的情景。「兒童樂園」是友聯出版社的第三個期刊——第一個是一九五二年七月創刊的「中國學生周報」；第二個是比「兒童樂園」早幾天面世的「祖國周刊」，也就是「中國周報」的前身。這兩個刊物都辦了二十多年，而後停刊；「兒童樂園」則昂然進入第四個十年。

參加籌辦「兒童樂園」的朋友相當多。文字和事務工作方面，有邱然（筆名燕歸來）、陳濯生、閻起白、余德寬、和我自己等人；藝術工作方面主要是羅冠樵、吳喜生、潘誠。籌備期間的工作地點在九龍鑽石山大觀路十六號；那座小平房，名為「半山別墅」，前後有寬大的院子，那時月租似乎只要二百元左右。現在想起當年大家擠在那簡陋的客廳裏，熱烈討論的情形，真有恍如隔世之感。

前面所列負責籌辦工作的朋友，現在的地區去發展。現在邱然在美國休士頓創作並推銷他的美國工藝品。留在香港的只有冠樵、起白和我；而近年擔任「兒童樂園」社長的則是新亞書院畢業的張浚華女士。在初出茅廬的編輯人員裏面，她最疑要算是「老行尊」；在我去她心中卻仍是抹不起的「青年才俊」形象。

「兒童樂園」這個名稱是潘誠提出來的；每期都有的「小圓圓」，那可愛的小女孩是羅冠樵創造的。三十年來的七百二十期刊物，不知道溫暖了多少個小讀者的心靈。在「兒童樂園」創刊時出世的嬰兒，現在已經在給他們的孩子們買「兒童樂園」了。

信箱口上塞着一個大紅信封，雖然已經折疊一次，也只有一半塞在箱內。「這是誰寄來這麼大的喜柬呀？」我心裏想。抽出來一看，原來是「兒童樂園」三十週年紀念」的特大號。這個半月刊已經出到第七百三十一期了。手裏拿着這個印有冠白和我，起白和我，但願今天出生的嬰兒，到三十年後也會給他們的孩子們買「兒童樂園」。

徐東濱在《新報》撰文賀《兒童樂園》出版三十周年。

2　盧瑋鑾與熊志琴為張浚華做了口述歷史，收入《香港文化眾聲道 2》裏，本文引用的為張浚華所述原文。盧瑋鑾、熊志琴：《香港文化眾聲道 2》（香港：三聯書店，2017 年），頁 195。

3　盧瑋鑾、熊志琴：《香港文化眾聲道 2》，頁 196。

《兒童樂園》出版流程。（第 27 期頁 16-17）

還有燕雲（邱然），原本負責編寫「小圓圓」故事，但寫了幾期後，由於要兼顧其他事務，最後只好由羅冠樵同時包辦創作故事與繪畫工作。

《兒童樂園》最初階段主要由第一任社長楊望江（閻起白）負責編撰文稿，「刊物由他編由他寫」。[4] 楊望江訂購了許多日文雜誌，挑選當中內容，重新翻譯與編寫，配上插圖後，就成了《兒童樂園》的內容。

第 27 期的跨頁大圖描述了《兒童樂園》從編輯、繪畫到印刷、發行的流程。雖然編務實況未必盡如圖中所述，但至少能讓讀者稍稍知道，每兩個星期拿在手上的這本刊物，到底經過哪些人努力而來。

《兒童樂園》每期 32 頁。扣除封底與封面（同一張圖），與版權頁後，實際內文 29 頁。每期欄目眾多，內容豐富，但字多而圖少。這個時期《兒童樂園》繪畫需求不算大。

除了出版《兒童樂園》，半月刊社還會舉辦活動，也會出版其他刊物。

舉辦活動

想知道讀者是否接受刊物，除了看銷售數字，也可以看讀者反應。半月刊社會舉辦活動，讓讀者與刊物之間有更多互動，從而了解讀者反應。活動有定期與不定期兩種，周年聯歡會屬

4　盧瑋鑾、熊志琴：《香港文化眾聲道 2》，頁 195。

第 48 期「小圓圓」故事。這期《兒童樂園》在 1 月 1 日出版，而二周年紀念聯歡會在 1 月 15 日舉行。由於只招待訂閱讀者，為了吸引讀者訂購，故事中安排了三段情節：如何獲得入場券（也是抽獎券），聯歡會表演節目，以及抽獎活動。

《兒童樂園》創刊周年紀念聯歡會「參加證」。（左：正面，右：背面。）

《兒童樂園》第 97 期「播音台」訊息，除了告訴讀者有第四年聯歡會外，還出版了一部十冊的《小朋友世界史》。

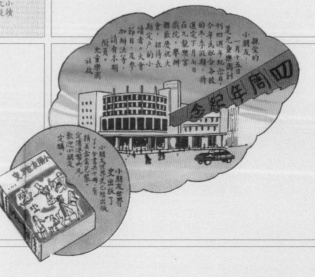

定期的，比賽活動屬不定期的。

從 1954 年到 1963 年，除了第九周年外，其餘各年都會舉辦周年聯歡活動，招待讀者。第一、二周年活動只招待長期訂戶，第三周年開始招待所有讀者。九年來，舉辦地方共有三個：第一、二周年在九龍太子「聖德肋撒堂副堂」，第三、第八和第十周年在「荔園」，其餘各屆則在九龍的樂宮戲院。

至於第九周年，由於租借不到場地而被迫取消。第 218 期「播音台」提到：

> 每年農曆春節前後，本社一定舉行創刊幾週年聯歡大會，以資慶祝。今年因場址關係，春假期中無法如願舉辦，所以只好取消了。…… 不過，請小讀者放心，來年十週年時，我們一定要隆重地和大家共同歡慶。

周年聯歡活動是年度盛典，必須隆重其事。《兒童樂園》除了在「播音台」宣傳，也會在「小圓圓」中加入「植入式廣告」。小圓圓是當時兒童楷模，當活動代言人最能影響小朋友。

不定期活動指各種比賽，如小朋友圖畫填色比賽（第 20 期）、添句得獎比賽（第 24 期）、猜拼字圖畫比賽（第 28 期）、一千人得獎填色比賽（第 32 期）、看圖造句比賽（第 37 期）、千人得獎剪貼比賽（第 42 期）……比賽每期都有幾千人參加。直到「哈哈俱樂部」成立，定期舉辦「有獎遊戲」，才逐漸取代比賽活動。

出版其他刊物

《兒童樂園》出版兩周年後，累積了一些舊書。半月刊社於是結集舊書推出「合訂本」。所謂「合訂本」，其實是「盒」訂本：半月刊社將《兒童樂園》配上盒子以套裝發售。一盒十二期，每半年推出一盒，每次一千套。

《兒童樂園》合訂本，收錄第 25 期至第 36 期。盒子正面挖了中空圓，顯示內裏的封面。

第 49 期〈給小讀者 —— 為本刊創刊二週年而寫〉的通訊透露了半月刊社出版計劃：

> 我們也考慮到：兩年後，一部分小讀者要從小學升到中學去，可能逐漸和我們疏遠了。…… 為了仍能和這些小朋友繼續保持聯繫；我們決定在最近，增編《兒童文藝叢書》，介紹世界各國有名的著作……

研究《兒童文藝叢書》多年的黃潔貞博士認為出版《兒童文藝叢書》的主意，很可能來自第一仟社長閻起白（也就是楊望江）：

> 閻起白也很推崇日本的兒童文學，他從日文的資料中，得知國際兒童文化的動向，又認識到不少世界兒童文學名著，於是做了很多翻譯及改寫。

1955 年 6 月下旬，《兒童文藝叢書》正式面世，第一本是《小蜜蜂瑪亞》。

黃潔貞把《兒童文藝叢書》的發展分為三個時期。1955 年至 1961 年為「草創期」，「一共出版了二十六本故事書，每年平均出版三至五本書。早期的叢書，大多由閻起白獨個兒譯寫、

《小朋友世界史》已不復見，只能在「播音台」
的訊息略知一二。（《兒童樂園》第 110 期）。

《兒童文藝叢書》第一種
《小蜜蜂瑪亞》封面（其
他封面見中篇）。

《兒童圖畫故事叢書》封面。

羅冠樵畫插圖。」1962 年至 1965 年為「黃金
期」，共出版四十五本故事書，「閻起白開始放
手，交由蔡慧冰、盧雪鄉等人負責，她們身兼
主編，但也會四出找譯寫者寫書稿，然後修訂
成書。」

黃潔貞還指出：

> 兒童文藝叢書由 36 位編譯者撰寫，不
> 過當中很多位編譯者，其實都是閻起白
> 的手筆，他借用朋友的名字，杜撰的
> 名字，目的就是低調的不要別人知道
> 編譯者的真正身份，讓作品與讀者有
> 真實的交流就好了。

對於把外國故事譯寫成適合兒童看的中文書，
楊望江有自己的看法：

> 閻起白認為為小讀者譯寫外文作品，
> 最困難的是處理文化差異及選擇措辭
> 用語，他認為要明白兒童的心理，善
> 於活用他們的語言，又要兼及考慮孩
> 子對故事時代背景的理解有困難而適
> 度改寫，作品才會得到兒童的悅納。
> 閻起白很自豪的說，胡欣平懂日文，
> 曾協助翻譯日文故事，結果要閻起白
> 通篇重寫，才可放進兒童樂園……[5]

除了《兒童文藝叢書》，半月刊社 1957 年時還
出版了一套十冊的《小朋友世界史》，1962 年

出版《偉人傳記叢書》（但只出版了四種）。以上三種叢書都以文字為主，再配上插圖。

另外，從 1962 年開始，半月刊社輯錄《兒童樂園》的故事，重新編排而出版《兒童圖畫故事叢書》與《兒童故事叢書》，前者輯錄連圖故事，後者輯錄文字故事。

■ 第二階段 1963-1982

1963-1972
《兒童樂園》的第二個十年

十年改革

第二任社長戚鈞傑上任不久，即四出為《兒童樂園》物色人選，張浚華就是在 1963 年時獲招攬加盟，擔任執行編輯。張浚華原是友聯社另一刊物《中國學生周報》編輯，到《兒童樂園》既是調職，也是升職。《兒童樂園》的發展遇到瓶頸位，星馬銷路不如另一本兒童刊物，而且脫期嚴重。戚鈞傑給了張浚華兩個重要任務：第一是提前出版（意思是不要脫期脫得太離譜），第二是增加收入。

執行編輯要負責一切內容，包括釐定刊物整體方向、撰寫故事、構思新題材、校對、貼字等工作，而最重要的就是催稿與監督製作進度、水平。故事寫出來後，還要請畫家繪圖；由於是半月刊，製作周期緊湊，任何環節耽擱都會影響之後的流程，導致脫期。

張浚華進《兒童樂園》初期，熬了一段不算短的「磨合日子」。由於調職後加了薪，卻因為自己是素人，以前從未看過《兒童樂園》，根本不懂編輯兒童刊物，因而被同事投訴不公平。為了要得到認同，讓合作更暢順，張浚華只好更努力，付出更多：

> 張浚華知道自己的不足，認為是自己還未具備受歡迎的條件。她開始惡補舊的《兒童樂園》，又開始寫給兒童看的故事，事事以《兒童樂園》為重，畫家優先。[6]

經過一番經營後，努力有了回報，張浚華終於可以與畫家通力合作。

戚鈞傑要張浚華「增加收入」。張浚華單純地認為只要刊物內容吸引讀者，又能準時出版，銷量自然提升。因此，解決方法是「增加內容」。於是，張浚華從「頁數」「圖畫」「來源」三個方面着手。

第一、增加頁數。這看來是最容易達標的事，張浚華也坐言起行，1963 年 9 月 1 日出版的《兒童樂園》第 256 期，由原來 32 頁，增加到 36 頁，增幅達 12.5%。頁數多了，內容便要增加，畫稿需求隨之增加，但張浚華沒有把 4 頁內容全推給畫家，自己反而獨攬其中 2 頁。

不過，張浚華只會撰稿不會繪畫，如果只有文字，又如何吸引讀者？從第 256 期開始，《兒童樂園》增加新欄目「兒童信箱」，回答讀者來信，以及刊登讀者寄來的照片。到了第 258 期，「兒童信箱」再進化，除了回答來信，還刊登讀者寄來的畫作，以及在信箱中增加「徵

6　甘玉貞：〈最長壽兒童雜誌的經營〉。本文為訪問張浚華的文字稿。《書山有路 —— 香港出版人口述歷史》（香港：香港出版學會有限公司，2018 年），頁 188。

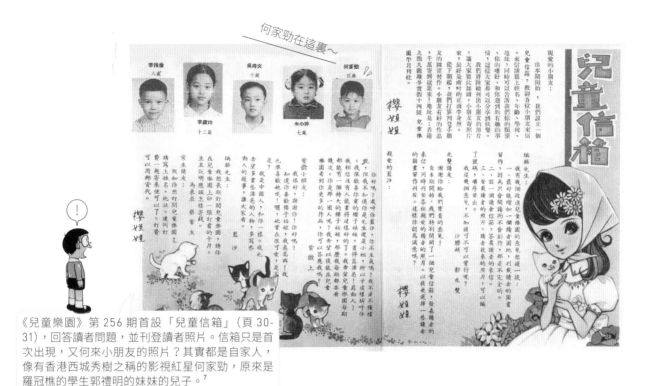

何家勁在這裏～

《兒童樂園》第 256 期首設「兒童信箱」（頁 30-31），回答讀者問題，並刊登者照片。信箱只是首次出現，又何來小朋友的照片？其實都是自家人，像有香港西城秀樹之稱的影視紅星何家勁，原來是羅冠樵的學生郭禮明的妹妹的兒子。[7]

友欄」，替小朋友刊登通訊地址作結識筆友之用；第 259 期再創新猷，把「兒童信箱」變為「有獎競猜遊戲」（日後進化成有獎遊戲欄目「哈哈俱樂部」）。

這一連串改變產生了化學作用，不但增加《兒童樂園》與讀者的聯繫，也成為讀者彼此聯繫的平台。《兒童樂園》不再是編輯、畫家的專區，也是讀者展示自己的舞台。

第二、增加圖畫。過去十年，《兒童樂園》的故事主要是文字配插圖。一個故事一千多字，佔兩頁，配三或四張插圖。張浚華有感於故事文字過多，未必能為新一代或未來讀者接受，希望改變故事表達方式，由原來的千字文配三插圖，改用連圖表達。原本兩頁故事，畫家只

要畫最多四張圖，改為連圖後，每頁有四圖到六圖不等，平均每兩頁就要十張圖。可以想像的是：畫家工作量以幾何級數倍增。這個改變，勢必引起畫家強烈意見。

這其實也是張浚華剛履新不久即與畫家出現磨合問題的另一個原因。張浚華初到《兒童樂園》時，羅冠樵的弟子郭禮明已經在半月刊社工作了一段時間（另一個弟子李成法才剛到不久），面對如此大的改變，郭禮明率先表態，「寫了一個大大的『忍』字壓在桌面玻璃下」。[8]

張浚華心知要畫家配合根本急不來，必須慢慢改變。圖，只能逐漸增加，不能一步到位。下表列出不同時期《兒童樂園》的圖畫比例，[9] 從中可以看到演化過程：

---

7 何家勁 1981 年在亞洲電視出道時，電視台即以「香港西城秀樹」來做宣傳。

8 《書山有路 —— 香港出版人口述歷史》，頁 187。

9 圖表說明：1. 選擇第 12 期為隨機挑選，代表《兒童樂園》草創時期情況。第 240 期是第一階段最後一期，也是張浚華進《兒童樂園》時面對的狀況。第 300 期為隨機挑選，代表張浚華加入刊物後讓刊物改變初期的情況。第 519 期是《兒童樂園》全面連圖化後的第一期。2. 平均每頁圖畫張數的計算方法：分母為該期總頁數扣除封面、封底、版權頁（合共三頁），第 12 期與第 240 期的總頁數為 32，分母為 29，第 300 期與第 519 期的總頁數為 36，分母為 33。

期數	圖畫張數	連圖頁數	平均每頁圖畫張數
12	79	5	2.72
240	87	10	3
300	146	17	4.42
519	207	29	6.27

也就是說，張浚華花了整整十年時間，才能夠把《兒童樂園》從插圖模式轉型到全連圖模式。全連圖化下的《兒童樂園》，畫家每期所要繪畫的圖畫，多逾一倍。

第三、開闢來源。「來源」既指故事，也指圖畫。張浚華接手編務後，愈來愈明白到《兒童樂園》發展的瓶頸位在於人。故事方面，過去大部分都由楊望江和羅冠樵負責，羅冠樵有深厚傳統文化根底，寫歷史故事、神話故事、中國名人故事，選材與下筆都恰到好處。如果羅冠樵引進的是中國文化，那楊望江引進的則是西方文化。楊雖然受日本教育，也從日本引進小學館的「學習雜誌」，但選用的內容客觀中性，日本色彩不濃厚。他真正為《兒童樂園》帶來的是西方文學名著與童話（如《羅賓漢》《人魚公主》《格林童話》《安徒生童話》），不過，那是日本翻譯的西方作品，這些作品有共通特色，都是經典，而經典又往往缺乏新鮮感。

除了故事，還有圖畫。半月刊社幾個畫家，能夠獨當一面而又有強烈個人風格的只有羅冠樵，郭禮明與李成法師承自羅，卻遠遠不如，其他畫家也缺乏特別的、讓人耳目一新的繪畫風格。戚鈞傑曾聘請當時漸露頭角但尚未成名的李惠珍客串，雖然為刊物帶來短暫的童趣新風（每期最多只有三頁），但最後因為薪金過低，李惠珍只畫了一年多的時間就離開了。

培訓畫家不是朝夕之事，聘請新畫家也因為薪

《兒童樂園》專用畫紙與友聯原稿紙。半月刊社有專屬畫紙，但沒有專屬原稿紙。張浚華用友聯出版社的稿紙來寫稿。

酬低而看似此路不通，張浚華想到第三個可能：從外國童書繪本直接把具時代感的童話移植過來，一則故事新鮮，二則畫風多樣，完全符合「增加內容」的需求。

有了想法，就付諸行動。張浚華把《兒童樂園》的篇幅分為三部分，羅冠樵負責編、繪三分一（即 12 頁），而另外三分二（包括畫謎、信箱、後來的「哈哈俱樂部」等「副刊」欄目），就由自己負責。

> 她精選優美的兒童圖書故事書，翻譯改寫濃縮了文字，由李成法縮小畫出極像原著的圖畫……張浚華非常慎重去做這件事，選擇優良圖書時已經一選再選，翻譯改寫濃縮時又一再推敲。李成法繪圖時亦全神貫注，非常認真。張浚華認為，做這種連文帶圖的書摘，千萬不能失真……否則對不起原作者和原畫家。[10]

張浚華這個嘗試帶領《兒童樂園》走進新紀元。自此以後，《兒童樂園》涵容百川，有原創的文化故事，又有譯介的童趣歡樂。

10　《書山有路 —— 香港出版人口述歷史》，頁 190。

《兒童樂園》第 258 期頁 26-27。〈嘉露妹妹〉是張浚華引入西方圖畫故事的試金石，刊載於第 258 期與第 259 期，每期六頁。不過，張浚華認為這是失敗之作，一直到現在，仍然感到非常不滿意。

半月刊社 1965 年 1 月 30 日在荔園舉行「兒童樂園十二周年紀念招待小讀者聯歡大會」，除了遊戲表演、播放卡通電影與粵語電影外，還有大抽獎。抽獎嘉賓為當時只有 11 歲但已出道 9 年的馮寶寶。（左起：馮寶寶、張浚華、郭禮明）

在羅冠樵與一眾畫家配合下，張浚華花了十年時間為戚鈞傑「增加收入」一句話打下了穩固基礎。十年之後，因為一個無心插柳的行為，讓《兒童樂園》迎來了最輝煌的歲月。

周年慶典

半月刊社頭十年，共舉辦九次周年聯歡活動。張浚華任執行編輯後，共辦了兩次周年活動，第十一周年在樂宮舉行，第十二周年在荔園舉行。這是第二個十年僅有的周年聯歡活動。往後八年，改以送禮物或辦比賽等靜態活動來慶祝。第十三周年分別舉辦了「作文比賽」和「填色比賽」。第十四周年送小禮物「我的紀事簿」。第十五周年辦「大家樂」有獎遊戲。第十六、十七與十九周年舉辦「巨獎拼圖遊戲」，第十八與二十周年舉辦「填色比賽」。

其他刊物

半月刊社這個時候仍然出版與再版《兒童文藝叢書》和《兒童故事叢書》。黃潔貞認為，

1966 年至 1973 年是《兒童文藝叢書》的「疏落期」，因為：

> 閻起白在 60 年代初期，由於個人的原因而離開了友聯……蔡慧冰及盧雪鄉繼續苦撐了幾年，66 年後停刊，迄 73 年復刊，出版了兩冊，最終完成了歷史的使命。[11]

從 1955 年的《小蜜蜂瑪亞》開始，到最後一本《水孩子》，《兒童文藝叢書》全套共計七十七種（全部封面見本書〈中篇　樂園千面〉）。

這個時候，半月刊社仍然出版合訂本，但已改了盒子的設計。

1967 年中，半月刊社從多實街搬到新蒲崗的四美街。

11　黃潔貞：〈兒童樂園半月刊社的另一章 —— 兒童文藝叢書〉（本文為打字資料），2020 年 5 月 20 日。

《兒童樂園》第 337 至第 348 期合訂本。「過了不久，就沒有再出了」張浚華如是說。

半月刊社位於四美街的編輯部。
左起：郭禮明、潘偉、張浚華。

半月刊社位於四美街的編輯部。
左起：羅冠樵、李成法。

《兒童文藝叢書》第七十七種（最後一種）《水孩子》封面。

《兒童樂園》第 346 期「播音台」消息 —— 公告編輯部搬家到四美街。

1973-1982
《兒童樂園》的第三個十年

叮噹出世

1973 年的《兒童樂園》，內容分為三個區塊，第一是羅冠樵系，有小圓圓、紅羽毛、中國神話、歷史故事（或民間傳說），屬於原創。第二是西方繪本系，由張浚華挑選與編譯改寫，李成法重繪，一期通常有兩個故事：童話與動物故事。第三是其他，包括從日本移植過來的漫畫、羅冠樵從不欺場的封面、連載了十一年的「寶寶遊記」以及「畫謎」「哈哈俱樂部」等「副刊」。三個區塊相比，日本故事相對最弱。

有一天，張浚華翻閱日本雜誌，無意中看到一則故事，雖然不諳日文，但由於人物角色表情豐富，畫面構圖乾淨俐索，情節故事生動多變，邊看邊猜已經樂趣無窮。張浚華憑着積累了十年的編輯觸覺，判斷這個故事比當時正在連載的〈蠻荒風雲〉更適合讀者，於是找來日本太太翻譯原文，御用重繪師李成法描摹圖畫，再經語言本地化，改了個簡單而貼切的中文名字「叮噹」，於第 489 期粉墨登場。

「叮噹」上場後果如所料，回響甚大，《兒童樂園》如坐穿雲箭，銷量一下子衝上了五、六萬之數。《兒童樂園》與「叮噹」幾乎畫上了等號。每當有人提起《兒童樂園》，就聯想到叮噹，每想到叮噹，就自然想起小時候看過的《兒童樂園》。有了「叮噹」後的《兒童樂園》，終於填補了最弱的那個缺口。

羅冠樵的原創故事蘊含文化、李成法的西方繪本重繪故事充滿童趣，而「叮噹」則激發幻想；《兒童樂園》終於集齊了「文化」「童趣」「幻想」三大元素，形成三條天柱。在往後長達八年的時間裏，《兒童樂園》穩穩站上了兒童刊物的制高點；而把《兒童樂園》推上最高峰的，就是那個當初不為畫家接受的素人張浚華。

出版新書

《兒童樂園》創刊時期賣八千本，十年後賣二萬多本，又十年後賣五萬甚至六萬本。經過十年樹木、銳意革新，《兒童樂園》一切都變了，

《兒童樂園》第 489 頁 24，首次引入「叮噹」故事。

《叮噹》單行本第一冊《叮噹出世》封面。

而唯一不變的是上司口中的一句話：「出版社不賺錢。」不賺錢代表不能改善畫家工作待遇，不能留住優秀人材。張浚華於是做了新決定：憑藉「叮噹」聲勢，出版單行本。出版之前與上司談好條件：如果「叮噹」單行本賺錢，就要拿百分之十出來分給畫家。1976 年 2 月 1 日，半月刊社在只多聘請兩個學徒下，推出「叮噹」單行本創刊號《叮噹出世》，初版一萬本兩天沽清。兩個月後出版第二集，一個半月後出版第三集，一個月後出版第四集，之後與《兒童樂園》一樣，成了半月刊。也就是說，半月刊社只添加了兩個學徒，卻多出版一本書。

《叮噹》的出版時間改了，銷量改了，每期賣六萬本。不變的只有兩件事情：上司的那句話「出版社不賺錢」，以及畫家沒有任何花紅。

這十年中，除了《兒童樂園》《叮噹》，半月刊社還彙輯了之前的故事，推出單行本，1976 年

時有羅冠樵的《水滸傳》，而 1977 年時有《紅羽毛》。

《紅羽毛》共兩冊：《會跑的樹》和《捉大賊》。《紅羽毛》最早於《兒童樂園》第 326 期連載，作者題名「綠枝」。紅羽毛的人設參考日本漫畫而來，由張浚華撰稿，潘偉繪畫。初期每隔二到三期連載一次，每次兩至三頁。後來作者改為「黃杏」，其實也是張浚華撰稿，一直到第 470 期。1972 年中以前，潘偉離開半月刊社，由羅冠樵接手繼續編繪，作者改為「丹美」，從第 471 期開始，一直到第 603 期。半月刊社 1977 年推出的《紅羽毛》單行本，不只收錄羅冠樵畫的，還有潘偉時期畫的。

1976 年，兒童樂園編輯部再度搬家，從新蒲崗的四美街搬到九龍塘書院道九號。就是因為這次搬家，為二年後的銀禧聯歡遊藝大會，提供了最佳的場地。

《紅羽毛》單行本封面。

《兒童樂園》第 566 期「播音台」消息。

銀禧周年活動

從 1974 年到 1977 年的周年紀念都上承前十年的靜態活動，第二十一周年舉辦「徵句、徵圖比賽」，題目是「兒童樂園和我」；第二十二周年舉辦「配圖」比賽，第二十三周年辦「大家畫比賽」，第二十四周年則辦「填色比賽」。

1978 年，如日中天的《兒童樂園》昂然步進第二十五年，靜極思動的張浚華希望能舉辦大型活動。600 期、二十五周年，都是值得慶賀的數字。因此，半月刊社史無前例地舉辦了「一」個長達一整年的慶祝活動。

第一部曲：1978 年 1 月 1 日出版燙銀華麗封面《兒童樂園》第 600 期。羅冠樵在封面上繪上樂園當紅人物，有日本幻想代表叮噹與大雄，有傳統名著代表取經三師徒（獨缺沙僧），有年年九歲的甘草演員小圓圓與小胖，有域外代表紅羽毛。讓人意想不到的是，羅冠樵也乘機為徒弟李成法推一把，讓「老與小」中的爺爺和孫兒都登上了二十五周年花車。

第二部曲：舉辦「兒童樂園銀禧紀念圖畫大比賽」，參賽期長達四個月，從 1 月 1 日開始到 5 月 1 日截止，8 月 1 日公布結果。評審團由七人組成，除了羅冠樵，還有著名畫家王司馬與嚴以敬（阿虫），以及電台編導、電視台藝術總監等。評審團從參賽畫作中選出三百二十七張作品，包括冠、亞、季軍各一，十名優異獎、十四名特別獎，以及三百名入選獎。8 月 16 日到 18 日，半月刊社在大會堂舉辦「兒童樂園銀禧畫展」展出這些作品。

第三部曲：舉辦「兒童樂園銀禧聯歡遊藝大會」，雖然名為「銀禧」，但舉辦日期是 1979 年 2 月 17-18 日，這個時候連第二十六周年也過了。舉辦地點是半月刊社位於九龍塘書院道的編輯部的花園。半月刊社每月賣書二十四萬本，但上司說「沒賺錢」，因此周年活動的「支

《兒童樂園》第 553 期內頁：「大家畫比賽」。

《兒童樂園》第 600 期燙銀華麗的封面。

《兒童樂園》「兒童樂園銀禧畫展」主禮嘉賓李通明（左二）與吉祥物（右二）。

這是半月刊社畫家最多的年代。左起：阿輝、李子倫、潘麗珊、張浚華、羅冠樵、李成法、鍾德華。

時間：三場請選一場
二月十七日（星期六）下午一時至五時 □
二月十八日（星期日）上午十時至二時 □
二月十八日（星期日）下午一時至五時 □
地點：九龍塘書院道九號本社大花園。

童星路家敏唱歌‧舞蹈
有獎攤位遊戲‧入

「兒童樂園銀禧聯歡遊藝大會」宣傳畫稿手稿原圖（局部放大）。
原稿只有 43 公分寬 25 公分高，羅冠樵卻畫得極之細緻，共畫了
969 個小朋友；雖然大部分只看到頭部、背影，但部分人物面相
傳神，表情各異。

《兒童樂園》第 625 期頁 18-19。羅冠樵特意為「兒童樂園銀禧聯歡遊藝大會」繪製的宣傳畫稿。

《兒童樂園》第 600 期頁 18-19，「兒童樂園銀禧紀念圖畫大比賽」參加辦法。

《兒童樂園》第 614 期頁 18-19，「兒童樂園銀禧畫展」廣告，留意左下的一人一狗。狗是大會吉祥物，而人則是當時因飾演佳藝電視連續劇《神鵰俠侶》小龍女一角而紅極一時的李通明，大會請她做主禮嘉賓。

《兒童樂園》第 629 期頁 18-21。半月刊社罕有地撥出四頁篇幅，報道銀禧周年活動花絮。

小朋友獲得了遊戲大獎。獎品是叮噹公仔一大個，那是張浚華特意去日本採購回來的。

出」，有很大部分是張浚華憑人脈張羅回來的：

> 這個項目只花了 2000 元，包括請司儀的 200 元，夠省的了。因為張浚華的丈夫李國鈞出動他的廣告公司幫忙，不收錢還找客戶贊助禮品，事後還請慶功宴。友聯前社長王健武轉行經營玩具，也找他的行家送出一車車的玩具作獎品。[12]

高峰過後

1981 年，發行商告訴半月刊社香港已經有人買下了《叮噹》的版權，這意味着半月刊社從今以後不能再出版《叮噹》，《兒童樂園》也不能再有「叮噹」故事。《兒童樂園》的三條不周山天柱，終於給共工轟斷了一根。

沒有了「叮噹」之後的《兒童樂園》從高峰滑下，銷路大不如前。半月刊社為增加收入，於 1982 年 6 月出版雙月刊《漫畫樂園》，但只出版四期，由於反應未如理想，四期過後便停刊。

1982 年年底，羅冠樵有感市場上武打漫畫氾濫，恰巧這個時候有人相邀，另組出版社，於是離開一手創辦的《兒童樂園》，出版健康功夫漫畫，期能正本清源，盡掃歪風。羅冠樵原負責編繪《兒童樂園》的封面、小圓圓、畫俠李子長，離開後雖仍然供稿，但只畫「畫俠李子長」。封面易角，小圓圓退休，《兒童樂園》的第二根天柱也開始崩裂。

1982 年 5 月 16 日第 705 期，《兒童樂園》改變了使用超過三十年的排版方式，文字由原來的豎排改為橫排，這一改變，意味翻頁方式也要更改，由左向右揭（頁）變為右向左揭。

---

12 《書山有路——香港出版人口述歷史》，頁 198。

這集內容很豐富呢！

也讓我看看吧！

《漫畫樂園》第 1 期到第 4 期封面。

第三階段 1983-1994

周年活動？

1983 年是《兒童樂園》本該慶賀的一年，畢竟已經出版三十年。不過，在羅冠樵離巢下，半月刊社最多只能用「加厚本」方式與讀者分享喜悅，沒有多餘人力舉辦任何聯歡活動。1 月 16 日出版的第 721 期《兒童樂園》，有三個特別的地方：第一、這是史上最厚、頁數與圖最多的《兒童樂園》，全書厚達 68 頁。扣除 8 頁廣告、1 頁版權與 1 頁封面，內文多達 58 頁，310 張圖。不過，即使增加了 89% 的頁數、75% 的內文、47% 的圖畫，第 721 期仍然賣原價港幣二元五角。

第二、這一期《兒童樂園》改書度（開本大小），由原來的 14.5cm x 17cm，改為 17.5cm x 20.5 cm。開本變大的原因是：

> 本來書的開度是特別度……原意是把《兒童樂園》設計得剛好適合小孩子用小手拿着看。後來覺得內容太擠了……還有，那時《小明周》跟甚麼週刊都是大本的，小孩子認為大本很威風，拿在手上有裝大人的優越感。那好吧，我們就順勢改大了。[13]

第二、小圓圓退場。第 721 期「小圓圓」〈新的故事〉，羅冠樵跟讀者開玩笑，製造假象，讓讀者以為有全新的「小圓圓」故事，實際上是要告別讀者（在第 724 與第 726 期，小圓圓又忽然回來，之後就完全消失）。小圓圓 1947 年出生（詳參本書下篇），1983 年時已經三十九歲，但永保童顏與身高。小圓圓用了

13　盧瑋鑾、熊志琴：《香港文化眾聲道 2》，頁 206。

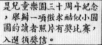

《兒童樂園》第 721 期頁 10-11。

《兒童樂園》兩個不同時期的開本。左邊的是小開本，右邊的是大開本。《兒童樂園》第 1 期到第 720 期，以及各種單行本，包括《叮噹》《兒童圖畫故事叢書》《水滸傳》《紅羽毛》《中國民間故事》，都用小開本；而《兒童樂園》第 721 期到第 1006 期，以及《漫畫樂園》第 1 期到第 4 期，都用大開本。當時由於提供訂閱，每期出版後會寄給讀者，開本改了，半月刊社需重新訂製一批新的郵寄信封。

《兒童樂園》第 721 期封面。

三十年歲月陪伴讀者，作兒童言行楷模。一旦離去，叫人不捨。

「加厚本」是《兒童樂園》最後一次慶祝。往後十二年，除了第三十一周年與第四十周年，曾在「播音台」謝謝讀者支持外，其餘周年就只有用封面來表示，告訴讀者，《兒童樂園》又一年了。

最後只剩一又四分三個畫家

傅月庵說：

> 《兒童樂園》最出色的，當屬其圖畫……版面五彩繽紛，美不勝收。且因不同單元，均出自不同畫家手中，風格多樣……[14]

任何一個不知內情的讀者都會被《兒童樂園》書後的目錄騙了，認為半月刊社有很多畫家。目錄中每個欄目都會標明作者，欄目不同，作者也不同。

《兒童樂園》第 633 期目錄。

真實情況是：《兒童樂園》的畫家一般只有三到四個（最高峰時期有六個，但很短暫）。1963 年，張浚華進半月刊社前後，《兒童樂園》只有三個骨幹畫家：羅冠樵、郭禮明、李成法。郭禮明後來也離開了，只剩羅、李二人「長駐」。偶然會有新人加入，但由於薪水不高，往往做不長久。

羅冠樵離開後，骨幹只剩李成法。出版社這時候到底有多少畫家呢？張浚華曾親自撰文，記錄當時情況。在〈最後剩下一又四分三個畫家 —— 一份兒童刊物與一個時代〉（《明報》2007 年 4 月 11 日）：

> 因為出版《叮噹》單行本，我們培養了幾個年輕畫家。成才的有由讀者變成作者的李子倫和陳子沖，所以羅冠樵走後也不至於人仰馬翻。…… 我仍孜孜不倦地趕出版，但再沒有催稿吵架的場面。因為李成法一同辦公室便坐下來趕稿。不說一句話。李子倫和陳子沖的表現超出我的預期，他們乖乖默默的趕稿。…… 後來李子倫也走了。我請了一個青年人回來培訓。…… 這時畫家只有李成法、陳子沖，加上他等於兩個半畫家。
>
> 1994 年陳子沖去電子廠畫設計圖，在《兒童樂園》漸退為半工，再退為夜班兼職，最後只畫封面和播音台。這時《兒童樂園》只得一又四分三個畫家。

也就是說，羅冠樵離開後半月刊社只剩三個畫家。這段情況大概維持了四年時間，因為從封面畫風來看，陳子沖最晚在 1987 年第 825 期時就接手繪畫封面，代表李子倫已經離開。李

14　傅月庵：《天上大風：生涯餓蠹魚筆記》（台北：遠流出版社，2006 年），頁 34。

半月刊社應油塘某機構邀請，舉辦活動。張浚華與一眾年青同事合照。左二為陳子沖，右一為李子倫。（攝於 70 年代末 80 年代初）

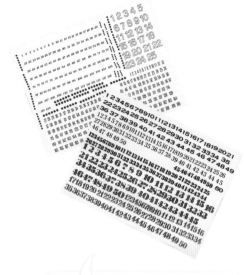

由於經常要為圖格編碼，並且要貼頁碼，出版社先印製不同字型的數字，剪下來後，貼在稿件上面。

子倫離開後，半月刊社請了年青人張盛回來，繪畫重擔仍然放在李成法與陳子沖身上。因此，張浚華說這個時候只有兩個半畫家。

1987 年對半月刊社來說，其實有雙重打擊。李子倫離開是第一打擊，第二打擊是羅冠樵全然退出《兒童樂園》繪畫工作。1987 年 6 月 1 日，「畫俠李子長」結束，這代表一直以來由羅冠樵負責的 6 頁篇幅，會「歸還」給半月刊社的兩個半畫家。

張浚華說的一又四分三個畫家是在 1994 年，由於陳子沖離開，只能畫封面與播音台，因此只能算四分一個畫家。為甚麼是四分一個呢？以兩個半畫家畫 36 頁內容來說，每人負責 14.4 頁，陳子沖兼職畫其中 3 頁，所以相當於四分一個畫家所畫的分量。

《兒童樂園》自從取消目錄欄後，讀者就不知道到底有哪些人負責各個故事的編繪工作。在版權頁內顯示的，除了「社長：張浚華」外，

編務工作就交由「編輯：兒童樂園編輯部」，這個部門多底有多少人呢？《書山有路 —— 香港出版人口述歷史》說：「文字編輯基本上只有她自己一人。」（頁 195）「基本上」是委婉說法，真實描述是「根本」。「文字編輯」也會讓人誤解，以為只是文字方面的翻譯、改寫而已，實際還包括（1）看報紙雜誌挑選與撰寫播音台稿件、（2）到圖書館找合適的繪本故事、（3）跟畫家商量如何重畫原圖（因為要預留空間放文字）、（4）翻譯、改寫原文、（5）經過植字後，做校對、（6）審閱畫家的稿件是否有問題、（7）在還沒有完全使用電腦排版時，圖畫與文字分開，植字公司把文字打印出來後，編輯要把文字貼在預留的空白地方上、（8）稿件完成後會印製全書初稿（藍紙），編輯必須再審閱全書一次，看看有哪些地方出錯（如漏貼字、貼錯字、圖畫線條不清楚等）。這一切工作原應由多人負責，但在半月刊社中，通通只有一人負責，而且，已經維持相當長的時間，長得社長以為本該只有一個人做。

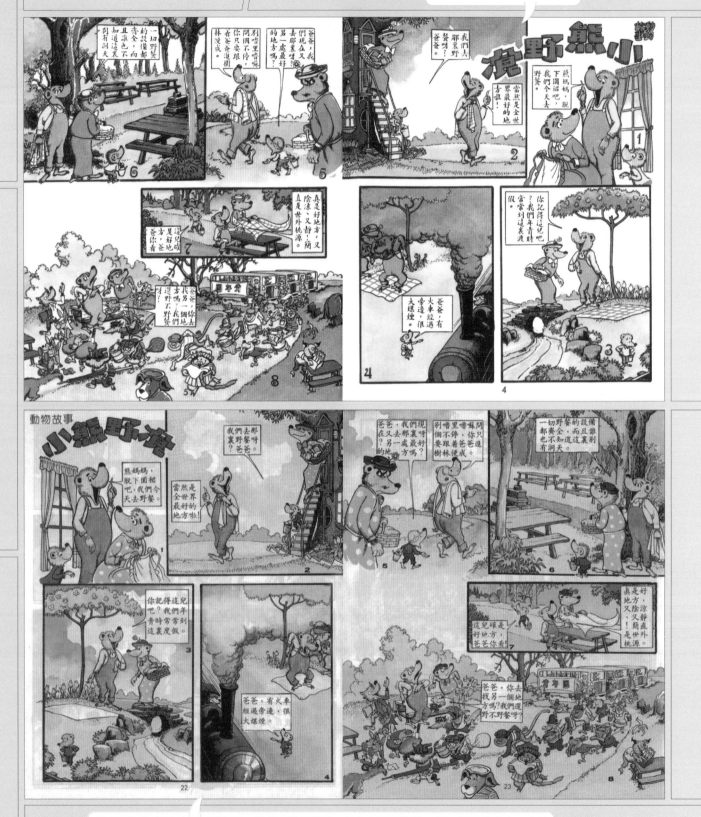

《兒童樂園》第 567 期頁 4-5。

《兒童樂園》第 849 期頁 22-23。雖然是重用畫稿，但也有三個改動：第一是重排次序，由於第 706 期以前是左揭頁方式，圖格從右至左，第 706 期以後改為右揭方式，圖格從左到右，因此必須重排圖格次序。第二是文字本來是直排（再從右到左），改為右揭方式後，文字流向也須改為橫排（再從上到下）。第三是改顏色，例如改換衣服的花紋。

重繪與重用

要在一個月裏製作 72 頁畫稿，這三到四人無論多刻苦多努力，根本不可能做得到。更何況自「畫俠李子長」結束後，羅冠樵完全退出，代表《兒童樂園》三大支柱中的「文化」支柱完全消失。張浚華面對史無前例的挑戰，必須想辦法解決眼前困局：人手不足以完成全書繪畫稿量以及出現「文化」題材真空。

二十多年前，張浚華運用重繪方法把西方繪本引介到《兒童樂園》，成功為刊物建立「童趣」支柱。七年前，「叮噹」退出《兒童樂園》，張浚華抽取叮噹的 DNA，製造了 IQ 蛋，又勉強填補了「幻想」的支柱。現在只能重施故技：重繪羅冠樵的民間故事。兩年之後，為了讓「文化」有更穩定的稿源，半月刊社決定重繪「西遊記故事新編」，那是張浚華認為羅冠樵畫得最好的傳統故事，人物可愛，《西遊記》又是中國名著，題材完全符合需要。

然而，即使全書都用重繪與再造方式來繪畫，由於畫家有限，仍然不能在有限時間內完成所有稿量，張浚華只好祭出最後一道板斧：重用畫稿。在以前，同一個西方繪本故事，張浚華會重用，但前後兩次都重新繪畫，編排也會稍有變化（如〈食蟲草張口兒〉，詳參本書下篇「童話與動物故事」一節）。現在情況更緊急，重繪要花時間，重用更直接。像第 841 期的〈熊偵探〉、第 849 期的〈小熊野餐〉、第 851 期的〈鬧鬼的樹洞〉，都分別在第 618 期、第 567 期與第 669 期上出現，前後相差七年到十一年時間。

靠着重用先前的畫稿與重繪羅冠樵的故事，半月刊社即使風雨飄搖、人丁單薄，《兒童樂園》仍外表光鮮亮麗地走完最後一段路。

簡體版《兒童樂園》

馬來西亞與星加坡，一直是《兒童樂園》於香港以外的重要銷售市場。馬來西亞自 1983 年起，全面使用簡化字，有見及此，半月刊社也推出了簡體字版的《兒童樂園》。繁體與簡體兩版，內容一樣，只是文字不同而已。不過，由於當時使用植字貼稿方式排版，多了一種文字版本，等於每期要貼兩套文字稿，大大增加了社長張浚華的工作量。

繁體版與簡體版《兒童樂園》封面。

停刊之後

1994 年年底，《兒童樂園》出版了四十二年後停刊，所有人以為一切會隨之終止，但其實思念從未間斷，童年回憶也一直在每個人腦袋中盤旋不去。只要時機成熟，《兒童樂園》便會以各種方式，再現人世。

2006 年，盧瑋鑾與熊志琴邀請張浚華做口述歷史，談張浚華與友聯社、《兒童樂園》的種種因緣，訪問稿收錄在 2017 年出版的《香港文化眾聲道 2》。

2008 年，香港文化博物館舉辦了「兒童樂園 —— 羅冠樵的藝術世界」，從 2008 年 7 月 31 日展到 2009 年 3 月 2 日。

2011 年，三聯書店出版《西遊記故事新編》，牽動了部分讀者對《兒童樂園》的懷念。

同年，李成法遽然離世，張浚華撰文〈我們且行偷天換日 —— 悼《兒童樂園》台柱畫家李成法〉，憶述多年來與李成法共事經過，讓讀者更了解《兒童樂園》一圖一畫來源，紀念這位無名英雄。

2012 年，三聯書店出版《小圓圓》。由於故事橫跨三十個年頭之後再次出版，又勾起更多人回憶。

同年 11 月 7 日，羅冠樵辭世。張浚華接到羅冠樵媳婦通知後發布消息，更尊羅冠樵為香港兒童文藝宗師，決意為他舉辦宗師級喪禮。喪禮於世界殯儀館大堂舉行，張浚華邀請羅冠樵有成就的讀者扶靈，計有才子陶傑、畫家阿虫，尊子等八人。報章報道，羅冠樵朋友、學生與讀者紛紛前來致祭，極盡哀榮。當年的讀者不但感激一代兒童文藝宗師貢獻，還渴望再

看《兒童樂園》，重溫兒時歡樂歲月。

2013 年 3 月，張浚華應「香港出版學會」邀請，做口述歷史，詳述自己在「兒童樂園半月刊社」工作三十二年的人和事，採訪文章名為〈最長壽兒童雜誌的經營〉，收錄在 2018 年出版的《書山有路 —— 香港出版人口述歷史》內。

2013 年 11 月，香港科技大學的胡惟忠博士得到張浚華同意，把四十二年來 1006 期《兒童樂園》製作成電子檔，上傳至互聯網，逾三萬五千多頁封面與內文，讓讀者免費下載與閱讀。

香港公共圖書館把館藏的《兒童樂園》，以及半月刊社出版的《兒童圖畫故事叢書》《兒童文藝叢書》《兒童故事叢書》《偉人故事》，製作成電子書（館藏欠缺的則以網上電子版填補），讓讀者透過電腦與手機應用程式閱讀。

2020 年，香港書展「文藝廊」舉辦「我們的快樂回憶 —— 兒童樂園」與回顧講座，講座由張浚華與讀者分享主編《兒童樂園》的人與事。

2020 年，香港中華書局出版《千面樂園 —— 我們的兒童樂園》。

張浚華〈我們且行偷天換日〉手稿。

香港文化博物館為「兒童樂園──羅冠樵的藝術世界」製作的展覽場刊。

我們且行偷天換日
——悼《兒童樂園》台柱畫家李成法

馬來西亞版《兒童樂園》創刊號封面。《兒童樂園》停刊後，馬來西亞有投資方想傳承《兒童樂園》，出版兒童刊物。任總編輯的莊若由於認識姚拓（曾任友聯社另一刊物《中國學生周報》總編輯），輾轉照會了友聯社，會使用「兒童樂園」的招牌。馬來西亞版《兒童樂園》1996 年中創刊，每月一期，共出版十二期，至 1997 年中停刊。

《書山有路》2018 年出版。張浚華應邀在書展上談編輯《兒童樂園》背後的故事。

張浚華為羅冠樵籌辦喪禮。

番外篇：張浚華因 《兒童樂園》與人結緣

張浚華長駐半月刊社三十二年，因着《兒童樂園》而與同事和讀者結緣，有些因緣種於當下，有些因緣則要到日後才開花結果。

唐君毅與牟宗三

張浚華畢業於新亞書院哲學系，是當代大儒唐君毅與牟宗三的學生。在半月刊社三十二年漫長的低薪高工作量歲月中，張浚華仍然緊守崗位，靠的正是連自己也不能名狀的毅力。事實上，這份毅力在張浚華任職半月刊社之前，已經練就。那是來自新亞的傳統。「我在『兒童樂園』工作時，正抱一份真心誠意去幹，不計較薪酬，也不怕辛苦，這就是新亞精神的體現。」張浚華如是說。

羅冠樵與戚鈞傑

戚鈞傑慧眼識英雄，把張浚華從《中國學生周報》招攬至半月刊社，對張浚華也是非常信任，放手任其發揮。至於羅冠樵，與張社長雖然在工作上時有爭吵（追稿與被追稿），但仍合作無間。80 年代初，羅冠樵即使離開半月刊社，但深知《兒童樂園》的處境，仍然繼續供稿，讓半月刊社不致人仰馬翻。2008 年，香港文化博物館舉辦「兒童樂園 —— 羅冠樵的藝術世界」展覽，卻無法找到羅冠樵在《兒童樂園》時的手稿。張浚華知道後，立即借出所有

張浚華與老師牟宗三先生。

恭喜恭喜！

張浚華 1965 年時結婚，還請得唐君毅當主婚人，一同向嘉賓敬酒。張浚華的丈夫李國鈞曾辦《銀河畫報》，請了畫報的攝影師為婚宴拍照。

恭喜！

張浚華婚禮，唐君毅任主婚人。左起：唐君毅太太、張浚華、李國鈞、唐君毅。

珍藏，才能圓滿整個展覽。這批手稿是羅冠樵離開半月刊社前一兩年內的作品，《兒童樂園》停刊後，張浚華到印刷廠搶救回來。由於只能拿少許，每張都是珍品。羅冠樵晚年，張浚華為完羅的心願，多番奔走出版社，終於成功出版《西遊記故事新編》與《小圓圓》故事精選集。2012 年，羅冠樵離世，張浚華為羅舉辦喪禮，送多年戰友走畢人生全程。

李成法

李成法比張浚華更早入半月刊社，卻與張留守到最後一刻，兩人是最合作無間的戰友。李成法是羅冠樵的學生，為人沉默寡言，多才多藝，張浚華認為他是「百搭和萬用的」。李成法畫過民間故事，畫畫謎、畫叮噹，而最重要的是重繪西方繪本。其他畫家抗拒，但李成法願意，而且極力滿足社長要求與原作「十分真十分好」的標準。在逾三十二年的工作中，由李成法自己編繪的，只有四格漫畫〈老與小〉，其他故事，或為重繪，或按張浚華已寫好的故事繪畫。在《兒童樂園》中，他可說是無名英雄。2011 年，李成法遽然離世，張浚華撰文〈我們且行偷天換日 —— 悼《兒童樂園》台柱畫家李成法〉，說有「椎心之痛」。不捨之情，洋溢字裏行間。

羅冠樵與楊望江雖住同一區，但多年未見。2011 年，在張浚華的牽線下，三人終於聚首一堂。左起：羅冠樵（創刊人兼唯一主編）、張浚華（第三任社長）、楊望江（創辦人兼第一任社長）。

張浚華與戚鈞傑共事數年，卻甚少拍照。上圖為戚鈞傑再婚時的照片。左一是戚鈞傑，左四是張浚華，左五是徐東濱。

李成法正在為畫稿上色。

半月刊社難得有的聯誼活動「遊海洋公園」，更難得的是羅冠樵（左二）、李成法（左一）、李子倫（右二）三代同堂合照。左三為潘麗珊，右一為張浚華。

李子倫與陳子沖

因為「叮噹」受歡迎，半月刊社多請了兩個學徒，一個是李成法的兒子李子倫，而另一個則是排字房老闆陳潤的兒子陳子沖。兩人都很有天分，在羅冠樵離開後，火速分擔了羅留下的篇幅，李子倫畫封面，陳子沖畫播音台。張浚華讚許李子倫「畫黑線稿，落筆線條圓滑優美，無懈可擊」。李子倫後來也離開半月刊社，封面改由陳子沖負責。陳子沖後來也離開了《兒童樂園》，但仍然畫封面與播音台。陳子沖離開後不到一年，《兒童樂園》便停刊了。張浚華回首前塵，總覺得愧對兩人，未能爭取更高薪酬，以致影響日後發展。

半月刊社的外展活動（獲邀擺攤位），陳子沖拍照留念。

亦舒

除了同事，張浚華還經常為有讀者支持而時常感恩。在眾多讀者中，大概亦舒是最「懂」張浚華的。亦舒在專欄「舒服集」文章〈兒童書〉中說朋友推薦他看《兒童樂園》，因為裏面的「叮噹」很好看。亦舒卻不以為然：「其實最好看的不是叮噹，一些翻譯的童話，因為非常溫柔浪漫，譯得又清楚明瞭，更有趣。」重畫西方繪本，讓《兒童樂園》有了穩固的天柱，正是張浚華最自詡的工作，卻於無意間得到名作家讚賞，張浚華直把亦舒視為知己。後來兩人

終於碰面，張浚華說：「我已忘記了第一次是在甚麼場合見面，成為朋友後情誼濃時天天通電話。」「她在專欄裏對我有嘉許，有暗示，亦有教誨。」

李惠珍

1964 年，李惠珍在戚鈞傑的介紹下到半月刊社找張浚華，並開始為《兒童樂園》供稿。李惠珍 1966 年離開《兒童樂園》後，兩人就一直沒有再聯絡。多年後，因一次機會重遇，兩人一見如故，經常聯絡，締造了深厚的友誼。兩人情若姊妹，經常互相提點，李還為張畫頭像，分享廚藝。

李惠珍為張浚華設計的頭像初稿。

頭像定稿，但張浚華不曾使用於臉書上。

衣莎貝專欄

羨慕

友人中，不少著名藝術家，亦有達官，更不乏大腹之賈，名頭統統響噹噹，自外國寄信給伊們，保證寫香港誰誰誰收，已經送得到。

但，付出的代價也真高，幾乎把前半生的精血時間統統奉獻給事業、滴滴不留、工在人在，工亡人亡。

莫說這雙鞋穿不進去、沒有能力、小腳包經驚至面無人色，唉，他人的成就乃他人應得，無謂艷羨。

不過，仍然覺得，做兒童樂園的編輯，太有意思。

為天真可愛活潑的三歲至八歲的小朋友服務，啟蒙他們，誰是司馬光誰是孫叔敖，荊軻刺秦王是怎麼一回事，紅鞋兒為何脫不下來，還有，瑞士的風景有多美，蒲公英妹妹飄流的經過，而好學生，絕對不應隨地吐痰。

隨着需求選故事，忽而俏皮，忽而嚴肅，一點也不用怕脫軌，家長教師，隨時會去信指正，關懷備至。

主要是，人人都看過這本小書：影視紅星、建築師、大作家、消防員、木工師傅，某年某月某日童年時，一定至少看過一本兒童樂園。

沒有福氣，還真不能編這樣的書。

衣莎貝

亦舒與張浚華。

亦舒談及《兒童樂園》的專欄文章。

李惠珍 1965 年時結婚，張浚華到賀。

何萬森與「兒童樂園之友」

一群忠實讀者在《兒童樂園》停刊後透過不同渠道聯絡上張浚華，並組成「兒童樂園之友」會，每隔一段時間見見面，敍敍舊。

何萬森與張浚華有兩種因緣：兩人同是中大校友，懷着同一樣的新亞精神；何萬森的兒子更是叮噹迷，而當日把叮噹一手引入香港的，正是張浚華。何萬森樂於行善，是中大校友慈善基金會顧問，成立緊急援助基金，協助有特別需要的人。張浚華感念甚深，用半月刊社所餘無幾的信箋，寫下「慈善為懷」，以表揚何的善行。

胡惟忠

胡惟忠因為畫作曾刊登在《兒童樂園》上而一直念念不忘。幾十年後，他找到張浚華，二人一見如故。胡惟忠在得到張浚華的允許後，獨力承擔把《兒童樂園》上載至互聯網的工作。2013 年，「重建我們的樂園」大功告成，《兒童樂園》得以在停刊後十九年重會讀者。這一切，緣於當日張浚華在《兒童樂園》中設立了讀者投稿的園地，又緣於胡惟忠少時寄了畫作給《兒童樂園》。

張浚華在半月刊社的信箋上題字給何萬森。

半月刊社位於多實街的編輯部。

44

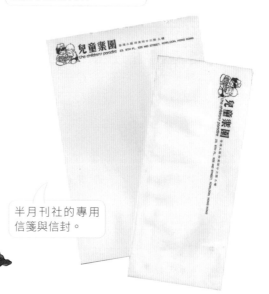

半月刊社的專用信箋與信封。

「兒童樂園之友」聖誕節晚宴。前排左起：胡惟忠、何萬森、張浚華、孫述宇。後排左起：韋惠英、陳海昌、黃潔貞。

左起：林偉雄、香樹輝、張浚華、胡惟忠、何萬森、蔡明都。

張浚華與中大校友慈善基金會顧問何萬森。

2012 年為叮噹誕生前一百年，有關單位舉辦了「你睇！哆啦 A 夢嚟啦！誕生前 100 年祭」，在海運大廈對出的廣場上放置了一百個手持不同道具的 1:1 叮噹像。張浚華身為香港的叮噹之母，自然要看看這個她四十年前已經認識的故友。

《兒童樂園》停刊後，母公司在旺角買了一個商住單位，存放物事。張浚華也分得辦公桌與書架，用來存放《兒童樂園》。

2015 年農年新年期間，香港上映電影《Stand by me 多啦 A 夢》，張浚華途經電影院，重遇舊友，忍不住上前拍照。

樂園千面

《兒童樂園》封面回顧

對於一般雜誌刊物來說，封面具備知性與感性兩類功能。封面上的文字屬知性，旨在以扼要的文字讓讀者在很短時間內掌握該期雜誌的內容；封面上的圖片或圖畫則屬感性，透過刺激讀者視覺神經，引起購買興趣，一般來說，封面的圖多少會與內容相關。然而，《兒童樂園》這本刊物，封面上除了「兒童樂園」四字，並無任何標題，而封面用圖也不會暗示任何內容。封面的賣點，全靠圖本身的吸引力。這個重擔，就落在羅冠樵肩上。

如果說，羅冠樵是《兒童樂園》的功臣，那麼，《兒童樂園》的封面就是他彙彙功績的最佳明證。

十年封面：
虛實交替的兒童生活

創刊跨頁封面

從創刊號到第四期，《兒童樂園》採用了跨頁封面：一張橫幅大圖從中間對摺成兩部分，左邊的部分做封面，右邊的部分做封底。跨頁封面最考驗構圖，因為當刊物放在書報攤時，讀者實際上只能看到全圖的左邊部分，因此，畫師必須考慮圖的左邊是否有足夠吸引力，以及封底封面開展時，左右兩邊的構圖該如何布局。

從創刊號到第四期這四個跨頁封面，羅冠樵都用了遠近布局，首三期是左近右遠，而第四期則是左遠右近。這種布局帶來兩種觀賞樂趣：讀者只看到封面時（左邊），會被封面中兒童的動作吸引；而攤開封面封底時，又能觀賞圖中遠近不同元素的布局。

從第五期開始，《兒童樂園》便改用單頁封面，畢竟，即使採用跨頁大圖，讀者只能看到一半，但畫畫的功夫倍增，效果卻不顯著。

封面題材與元素

封面要吸引人，除了畫功，還要看題材，也就是作者到底畫甚麼。《兒童樂園》是兒童刊物，羅冠樵選擇以「兒童生活」為題材，並配合四時與節慶，從而建構出他心中的理想兒童世界。不過，「活」在羅冠樵腦袋裏的兒童其實又有一虛一實兩類。「實」指當下，也就是以香港為家的現代兒童。由於《兒童樂園》創刊時賣六毛錢，這個訂價並非當時的草根階層能夠負擔，可見鎖定的潛在顧客群是中產階級。這些家庭的兒童都會穿洋裝，能夠上學（當時

尚未實施免費教育），參與學校活動（如演舞台劇、跳舞），消閒活動則是郊遊、飼養小動物。至於「虛」，指羅冠樵回憶中的童年生活，那些兒童穿唐裝，生活在有山有水的鄉間，務農，與大地為伍。何慶基稱之為「望鄉」。不過，何又認為，那只是羅冠樵想像出來的，鄉間生活實際並非那麼美好：

> 這批插畫最吸引筆者的，是其濃烈的「望鄉」情懷。無論是划艇採菱、中秋花燈或鄉土景象，反映出一九四七年流落香港的羅冠樵對故鄉的迷戀。

很明顯鄉間生活並非如此優美（羅冠樵與筆者同鄉，父輩童年生活肯定不是這樣），畫中人衣着光鮮，容光煥發，鄰居鄉里關係融洽密切，這份親密人情鄉情，最能從傳統節日中反映出來。[1]

到底，《兒童樂園》封面在畫些甚麼呢？就以創刊號至第 100 期的封面為例：

	實	虛
生活		
登高	6, 42, 67, 79	
郊外活動	2, 7, 19, 31, 41, 58, 68, 90	
其他	13（吃西瓜）、52（種花）、14（讀書）、96（看馬戲）、46, 69（玩樂器）、10, 83（到游泳池）	
飼養動物	22, 35, 56, 60, 61, 80, 81, 88, 93	
遊戲	32, 45, 55, 62, 63, 77, 78, 84	
水邊活動	8, 16, 33, 36, 57, 59, 64, 65, 85, 86, 87	
鄉間活動	9, 37, 39, 43	12, 91, 92
校園活動		
舞台演出	5, 29, 30, 38, 40, 53, 54, 66, 89	
節日活動（元旦、農曆新年、元宵、端午、乞巧、中秋、聖誕）		
	4, 11, 15, 23, 25, 26, 27, 34, 47, 48, 71, 72, 76, 95	3, 17, 50, 51, 74, 75, 98
農村工作		
		18, 20, 28, 44, 70, 82, 94, 99
其他		
特別日子	1, 24, 49, 73, 97, 100	
想像	21	

1 何慶基：〈羅冠樵的兒童失落園〉，《信報》2008 年 11 月 12 日。何慶基文中提及的「插畫」，指 2008 年在香港文化博物館展覽辦的「兒童樂園 —— 羅冠樵的藝術世界」展覽裏展出的畫作。由於《兒童樂園》50 至 60 年代的插畫手稿沒有保留下來，展覽中的畫作是羅冠樵在 70 年代以後再畫的。雖是新畫，卻與舊畫一脈相承，「像是追畫舊作品的新作」。因此，何慶基這段文字，同樣適用來陳述《兒童樂園》早期的封面。

羅冠樵筆下的中產階層兒童生活，不是充當童工為家庭與生活打拼，而是在家裏的園子內種花、養寵物，幾個人圍着一起演奏樂器唱歌，閒來登高，眺望香港景色，也可以到戶外放風箏、騎腳踏車。他們往往要參與學校舉辦的表演活動，或跳舞，或演話劇。節日來臨時，可以去看馬戲、幾個好友或一家人聚在一起歡渡佳節。

「回憶」中的鄉下也充滿祥和與寧靜：小女孩放牧時可以在乾草堆上小睡、小童裝置機關捕鳥、彎身搬收割的莊稼（旁邊有小鳥在啄食田裏的穀粒）、春節與元宵一片喜氣洋洋、中秋節時，哥哥向弟妹講述吳剛在月中砍伐丹桂樹的故事⋯⋯

或許在那個年代，香港仍然未曾高樓臨立，羅冠樵也有不少封面寫城市兒童（穿着洋裝）走入鄉間，過農村生活（背景是農村），如摘荔枝、釣青蛙、捉蟋蟀⋯⋯這種圖畫充分反映了羅冠樵對城市人的想像，以及對故鄉的懷念。

《兒童樂園》首一百期封面中，有幾個特別有意思。

第一個是第 15 期「乞巧節」。農曆七月七日是乞巧節，屬傳統節日。乞巧節是女性節日，有傳統習俗如月下穿針、投針驗巧，期望七姐保祐，能有一雙巧手做針黹女工。時至今天，這個節日已經漸被遺忘，但在上世紀 50 年代，「女織」仍然是女性的特長，羅冠樵希望這個傳統能世代相傳，他的想法充分反映在第 15期的構圖裏：一個年紀較大、穿小鳳仙裝的女孩在月下穿針引線，旁邊較小、穿洋裝的女孩邊看着姐姐的動作，邊雙手合握做祈禱姿勢。羅冠樵透過封面表示期望傳統能夠傳承。

一年後的第 38 期，同樣是乞巧節的封面。這次羅冠樵選擇「牛郎織女」的故事，但移師學

校舞台，由同學扮演牛郎與織女（當然，那是老師教他們的），穿洋裝的小童觀賞台上演出，邊看邊談論，也同樣有傳承傳統的寓意。

在一百個封面中，第 21 期的封面最是特別：一對穿着睡衣的男女童在樹林間看到一間用糖果、餅乾建成的小屋。「糖果屋」的故事出自格林童話，本不稀奇。特別的地方在於：其餘九十九個封面都屬於「寫實」性質（哪怕是羅冠樵想像中的真實），只有這一個純屬虛構，充滿童話天馬行空的想像。

如果把封面從一百期擴充到兩百期，充滿想像的封面也只是多了一個。第 137 期封面，兩個小朋友坐火箭飛入雲端，而迎接他們的是長了翅膀的小天使。時間再往後推移，下一個充滿想像的封面在第 207 期，一個女孩坐騎着白鶴在星空中飛翔。在《兒童樂園》頭十年的封面中，想像與寫實的比例為 1：99。這個比例多少能夠看出《兒童樂園》創刊頭十年所走路線，兒童穿梭於城市現代與鄉間傳統，所呈現的只是上一代人緬懷舊日歲月，以及他們對子女的期盼：既能在城市中好好生活，又能不忘傳統，傳承文化。這些圖的着眼點其實都以大人為中心，至於以小朋友為中心的童趣，以及那些毫無邊際的創意，就顯得不那麼重要了。

■ 十年之後：《兒童樂園》封面的繼承與創新

發揮想像，增添更多童趣

《兒童樂園》封面走進第十一年後，1：99 的比例終於有了新的發展：一方面仍繼承之前的做法，以兒童寫實生活為主，但同一時間，又注入更多想像，這又可以從兩方面來說。

第一、加入更多天馬行空的童話元素：一對兄妹坐在床上，而床懸浮在銀河中，兄妹兩人看着星空中的鵲橋（第 255 期，這一期封面寫七月初七）；第 258 期封面「飛到月宮去」，[2] 長翅膀的男女童飛到天上，看見月裏宮殿（這一期

---

2 從第 258 期開始，《兒童樂園》都會在目錄中標明封面主題，一直維持到第 829 期。從第 830 期開始，《兒童樂園》的版權頁不再有內容目錄，也不會再標明封面主題是甚麼。

封面寫中秋節）；小女孩手執一大撮汽球飛往天上（第 302 期），第 329 期的封面叫「探月亮」，一雙男女童穿上太空衣在月球上漫步。

除了飛入天際，還有大人國與小人國的元素：第 266 期「賀新年」，放在小朋友跟前的是比身體更大的煎堆與人一樣高的水仙花。第 444 期「吃西瓜」，六個小朋友圍在一起吃西瓜，西瓜的直徑比小朋友還要高，剖開一半挖空後，可以做船，乘載六個小朋友浮舟湖上。第 459 期「恭喜恭喜！」，拜年的小朋友身後是一個可以裝得下幾個人的豬仔撲滿。第 511 期「大復活蛋」，十一個人（包括叮噹與兔子）同心協力搬動色彩繽紛的大蛋。

第二、表面寫實，實際仍是想像：讓小童做大人事。一直以來，羅冠樵筆下的兒童活動都符合他們年紀、身份，但從第 254 期開始，兒童有了不一樣的生活。他們會去潛水打魚（第 254 期）、還會在水底看到比人還大的水母（第 351 期）、玩滑浪與衝浪（第 257, 346 期）、跳降落傘（第 331 期），兩個小朋友可以自己去搭飛機（第 262 期），乘郵輪旅遊（第 269 期），甚至駕駛直升機、坐氫氣球（第 435 期），看到鱷魚時趕緊爬到樹上還會用漁杆招惹鱷魚（第 301 期）。至於職業，可以做個龍虎武師，於節日中舞龍助慶（第 291 期），可以是兇險非常的鬥牛士（第 330 期），也可以當個理髮師（第 452 期）。

無可否認的是，《兒童樂園》走過十年以後，封面雖然仍然保留若干「望鄉」的聯想，但相比起「開國」時以接近大人為主的清一色現實描繪，已經逐漸往兒童世界挪移，封面有了更多「童趣」。

《兒童樂園》頭三十年七百一十五個封面裏面,只有第 283 期的封面由李成法編繪,其餘皆出自羅冠樵手筆。

純樸的鄉間色彩愈漸淡出

隨時代推移,《兒童樂園》封面中的那種「望鄉」色彩濃厚的畫作,愈來愈少。踏入第 501 期,撇除農曆年的封面不算,就只有兩個「望鄉」封面:第 522 期與第 580 期。第 522 期「蟋蟀」,八個鄉下小童圍起來看鬥蟋蟀。第 580 期「花燈節」中三個小童的造型取材自古代的年畫,小童穿唐裝提花燈過節。除了這兩個封面,其餘的即使偶然穿唐裝,也同時配上另外一個穿洋裝的小童。這種改變反映存在於羅冠樵腦袋中的那個「鄉下」,也會與時並進,走向現代。如此一來,封面中那種濃烈的鄉土情懷愈見淡化,像在宣告《兒童樂園》放下了傳統的包袱,迎接更多元的未來。

鄉土色彩淡出還反映在題材的改變上,特別是節日題材的轉變。如農曆七月初七的乞巧節,從創刊號到第 500 期,《兒童樂園》共歷經了二十二次乞巧節(二十二個封面),當中九個封面完全沒有反映這個節日(第 200 期以後的佔七個)。餘下的十三個封面中,以牛郎織女與天河為題的佔八個,描寫七巧節習俗月下穿針共五次,其中四次是在頭兩百期以前的。這些數字反映:在兩百期以後,代表傳統節日的

乞巧節習俗逐漸淡出,傳統「望鄉」的元素在《兒童樂園》封面中也愈見淡薄。

從抽離的現實世界
到貼地的現實世界

儘管絕大部分封面都在描繪兒童現實生活,但在第 475 期以前,竟沒有一期以「香港」為背景。有些封面,重人物特寫,不重視背景;而有實景的封面,羅冠樵取景也以郊外與山水景物較多,建築物較少,加上當時香港缺少讓人一看就想到的地標,以致從第 1 期到第 474 期,在四百七十四個封面中,也只有三個封面「疑似」有香港元素:第 6 期從山上向下望,遠景有一白色建築物,疑似舊匯豐銀行;第 31 與第 67 期都是爬山登高,背景是一個古塔,如果對號入座,應該是當年兒童常去的郊遊聖地沙田萬佛寺。

直到第 475 期,有了不一樣的情況。第 475 期封面「登高」以太平山為背景,羅冠樵畫出兩個重要元素:山頂纜車與爐峰塔。1972 年 8 月,山頂纜車山頂站第三代建築「爐峰塔」啟用,成為了香港地標(已於上世紀 90 年代初拆卸,現改建為「凌霄閣」),而同年 10 月出版的第 475 期,就以這新蓋的建築物做封面,成為了《兒童樂園》史上,第一個有明確香港特色的封面。

請問太平山怎麼去?

並且宣傳撲滅罪行的重要性，有見及此，羅冠樵也適時地反映了這個社會現象，透過封面，向兒童宣揚「撲滅罪行」的訊息。

以一眾布偶為主角的美國電視節目《芝蔴街》創始於 1969 年，及後更登陸香港，在電視台播出後，深受兒童歡迎，引起很大回響。羅冠樵自《兒童樂園》第 500 期到第 504 期，都以《芝蔴街》為主題，繪製了一系列封面，讓小朋友與布偶角色互動，歡渡聖誕與元旦。

1975 年 2 月，美國的「迪士尼樂園」世界巡迴表演到了香港，在跑馬地的「香港會大球場」演出，哄動一時。同年 3 月，《兒童樂園》第 533 期「看表演」，羅冠樵讓小圓圓與同學跟迪士尼的白雪公主、雪姑七友、唐老鴨等一眾卡通明星見面交流。

因為這些封面，《兒童樂園》在抽離的世界中有了一點點現實感。

第 475 期以後，《兒童樂園》封面有了更多「貼地」的元素：第 478 期「消滅垃圾蟲」、第 516 期「清潔海灘」、第 530 期「寫春聯」與第 491 期「消滅罪惡魔鬼」分別與當時香港兩大「運動」有關。

1972 年，政府發起「清潔香港運動」，「垃圾蟲」就是為這活動而設計的象徵標誌，當時許多政府的宣傳海報，都有垃圾蟲這隻「吉祥物」，標語是「切勿淪為垃圾蟲」。1974 年，教育署於中小學成立「少清隊」，鼓勵學生參與清潔運動。到了 1975 年，更把該年定為「清潔年」。羅冠樵也先後在這三年繪畫了三個與清潔香港有關的封面。第 478 期與第 516 期，都是小童拿掃帚驅趕垃圾蟲，而第 530 期由於正值農曆新年期間，不適宜畫垃圾蟲，畫中的小朋友寫春聯時寫下「清潔年 1975」幾個大字，簡單而直接。

1973 年，政府成立「撲滅暴力罪行委員會」，專責解決自 70 年代初逐漸增加的罪行問題，

■ 羅冠樵在《兒童樂園》 的最後六年：漫化的封面

羅冠樵畫《兒童樂園》封面畫了二十四年後，又有新突破。在經過幾個月的嘗試後，從第581期開始，他開啟了「徹底漫化」模式，不單完全放棄「望鄉」題材，更有三年多的時間，沒有再描繪「兒童生活」。

不見人影的《兒童樂園》封面

從第581到第660期，是《兒童樂園》封面史最奇特的時期，除了第600期銀禧紀念熨銀封面外，其餘七十九期，都不見「人影」。羅冠樵不但不畫兒童生活，甚至不畫人。《兒童樂園》封面彷彿進入童話世界，除了動物，就是昆蟲與精靈，他畫過羊、長頸鹿、鹿、豬、狸貓、貓、雞、鱷魚、狗、猴子、青蛙、烏龜、河馬、鴨子、兔子、浣熊、熊貓、北極熊、大象、牛、松鼠、貓頭鷹、麻鷹、雁、啄木鳥、烏鴉、天鵝、蜥蜴、蝸牛、河豚、海獺、水蛇、海豚、天鵝、接吻魚、金魚、蟹、蟾蜍、蚱蜢、蟬、螳螂、螞蟻、甲蟲、蝴蝶，而畫得最多的是老鼠，共出場二十八次。

這個時期的封面充滿童趣，動物造型可愛，而由動物扮演的故事，都滿載羅冠樵的神奇想像：第584期「勇敢的母親」，肥母雞「手」拿長槍（槍頭還冒着煙），邊撐傘邊怒視天上虎視眈眈的麻鷹，嘴巴唸唸有詞，像說：「你敢過來？我斃了你。」第592期「架天線」，豬與花貓上天台調電視的天線，而天線竟然是用魚骨做的。第594期「秋夜曲」，蚱蜢在彈奏琵琶，遠方有螳螂，不是要伺機把蚱蜢吃掉，而是提鈴和應。第613期「接吻魚」，接吻魚在水中接吻，旁邊的青蛙遮掩雙眼，非禮勿視啊。第621期「擾人清夢」，貓頭鷹打開

窗戶，看誰在外面製造嘈音，原來是啄木鳥拿着鎚子把釘子釘在樹上（也是啄木）。

事實上，羅冠樵還是在畫「生活」，只是換了角色，由動物參演。如第596期老鼠收割莊稼、第614期雙貓觀星、第633期花貓撲蝶、第643期龜兔登高，收割莊稼、觀星、撲蝶、登高，都是以前封面常見的主題，現在角色變了，由動物來做，故事也因所選動物的特性，而顯得更幽默：自古以來，老鼠偷吃糧食，現在跑來收割？雙貓觀星河，其實就是以前乞巧節的活動，羅冠樵在圖中左下方加了一隻老鼠探頭窺視，就顯得耐人尋味了。貓兒喜歡戲謔昆蟲，現在進化了，捉昆蟲還會用工具（捕蝶網）。中秋過後是重陽，每年都會上演的登高戲碼，這次主角是兔子與烏龜，會是新版的「龜兔賽跑」？

完全漫化的小朋友生活

羅冠樵1983年離開《兒童樂園》，在他離開前幾期，封面已由李子倫接手。從第661到第715期，是羅冠樵繪畫《兒童樂園》封面的最後階段。這個時候的封面，繼續漫化，雖然不如之前各期完全不見人影，但大部分封面都摻入動物元素，佔百分之七十三。五十五期封面中，只有十六期不見動物影蹤。

此外，第711, 712, 713與715期，雖然都沿用舊主題七夕、清潔香港、中秋、登高（放風箏），但明顯加入了現代化的元素，讓新舊混合：小朋友駕駛牛形太空船「牛郎號」在宇宙航行，垃圾蟲與電玩遊戲「食鬼」結合，月亮中的嫦娥用望遠鏡看太空人，以及登高除了放風箏外，還會放遙控模型飛機。

兒童樂園

兒童樂園

兒童樂園

兒童樂園

兒童樂園

兒童樂園

兒童樂園

兒童樂園

兒童樂園

雙子聯手，
打造新時代封面

羅冠樵離開後，張浚華找來李子倫畫封面。李子倫是羅冠樵的弟子李成法的兒子，算起來，該是羅冠樵的再傳弟子。李子倫大概畫了四年，就離開了《兒童樂園》。這段期間，羅冠樵仍然在樂園內連載「畫俠李子長」，有時也會應張浚華邀請，客串畫封面。李子倫離職後，就由陳子沖來畫封面，一直畫到最後一期。

陳子沖約在 1987 年中段時間接任畫封面工作，「畫俠李子長」也剛好完結，自此以後，羅冠樵沒有再為《兒童樂園》繪畫。陳子沖畫了七年半，前後共一百八十五個封面。

雙子打造下的封面，又有了新的格局。

增加父母角色與天倫樂

由羅冠樵締造出來的兒童天地只有小孩而沒有大人，父母的形象幾乎絕跡。1964 年 5 月 1 日出版的第 272 期，封面主題「母親愛我」，屬首次引入「母親節」主題。不過，在前二十年的七百多個封面中，羅冠樵只畫了五次親子畫面，分別是：第 272, 284, 347, 356 與第 394 期。

封面沒有父母形象與節日有關，《兒童樂園》通常有「應節」封面，但母親節與父親節並非中國傳統節日，在當時社會也不如端午、中秋受到重視，因此，羅冠樵寧選能反映習俗的乞巧節，也不畫渲染親情的母親節與父親節。一直到 80 年代中葉，這兩個節日逐漸受港人重視，而雙子筆下，也就有了更多親情畫面，十年間，共計三十二個（另有兩個封面寫父母在

過年時派利是，不算在內），可見除了「應節」外，親情也是雙子重視的主題。

親親、抱抱、服侍父母，是母親節與父親節封面常見的元素，除此以外，雙子還合共畫了十個親子活動封面，如一家人一起布置聖誕樹（第 765 期）、吃西瓜（第 903 期）、吃飯（第 922）、賞月（第 951 期），以及跟媽媽學做糕點（913）、叫爸爸起床（第 930 期）。

內文故事的精彩場面

一直以來，《兒童樂園》封面都獨立於內文之外，與內容故事完全無關。但雙子主理的封面，偶有「預告」功能，往往與內文某個故事有關。雙子從內文故事中挑選出某圖格再畫一次，重新安排圖畫內各個元素的位置，或更改某些元素以符合封面需求，充當封面的圖色彩也比內文斑斕。

如第 738 期封面取材自內文童話〈歌手薩哥〉第十個圖格（第 26 頁）。故事講到喜歡唱歌的薩哥與船隊（其實只有兩艘船）經過大海時，海龍王出現，抓住薩哥，想認識這個能感動冰妖（之前的情節）的人。在內文故事中，原圖是扁方型圖格，寬高比例是 2:1，元素計有海龍王（一手持三叉，一手抓住薩哥）、兩艘船（船上有人）、海浪。要把 2:1 的扁方圖格畫成接近方型的圖，李子倫必須重新安排各項元素：海龍王與薩哥靠得更近，而本來左右並排的兩船變成一上一下（海龍王用三叉把其中一艘船頂到高空，另一艘則仍然在水面上）。兩艘船本來共載七個人，為了讓人物更有戲可演，李子倫除刪掉多餘的人物外，更重繪其中一人的反應：張大嘴巴呼叫，表示驚慌。整張圖經過重構後，各個元素之間的關係變得更集中，更有張力。

第 738 期第 26 頁第 10 圖格，是第 738 期封面素材的來源。

又如第 968 期的封面取材自內文童話故事〈長煙囪的人〉第十個圖格（第 5 頁）。這張圖是原文故事的轉折點，主角阿芹在早上照鏡子時發現頭頂長了個煙囪來。張浚華建議陳子沖選這圖重新再描繪一次，成為封面。由於是封面，陳子沖稍稍改了阿芹的穿着，把原來的三角花紋內褲改為藍色長條紋睡褲。原圖右下角在整張圖拉長以後變得有點空，陳子沖又加了一隻狗。浴室的牆身也改為黃底配粉紅色磁磚，並把掛在牆上的浴巾調成青黃色，配上深綠色的陰影，加上「兒童樂園」深紅色四個大字，就成了一個既有故事（頭頂有煙囪）又搶眼奪目的封面。

不獨雙子，就連羅冠樵客串時期，也曾重繪內文而成封面。這個時候，羅冠樵還在畫「畫俠李子長」，第 787 與第 819 期的封面就是據內文改畫而來。第 787 期封面寫洞庭公主陪李子長騎海馬遊龍宮，水底世界構圖與着色俱佳，

即使沒看過故事，讀者也會被天馬行空的想像力所吸引。第 819 期畫俠李子長故事寫一眾小友用柳枝追打攝青鬼，封面經過重構原圖後，雖然生動，但讀者如果沒有看過李子長之前的故事，會不明所指。與第 787 期相比，第 819期的封面少了一點點獨立性。

更多合時與貼地的元素

雙子筆下，貼地的題材比以前更多。第 761期封面曾出現怡和大廈（當時名為「康樂大廈」），第 850 期封面更同時出現怡和大廈與合和中心。陳子沖畫的封面，有更多之前不曾出現的「生活」場面：第 894 期看牙醫，第 898 期出現世界杯足球賽的吉祥物，兩次畫垃圾蟲清潔香港（第 899 期與第 924 期），第921 期打電動遊戲，第 923 期配眼鏡，第 925期華東賑災籌款，第 956 期到寵物店，第 990期封面背景則是醫院的產房。

第 968 期是陳子沖把內文圖格改為封面的另一例子。

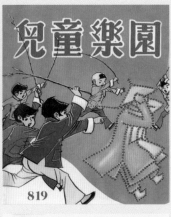

結語

畫封面，絕對不是易事，畫家至少要考慮主題、元素、構圖與技巧四個層面。主題指封面想要傳達的訊息（如慶祝聖誕、呈現故鄉生活），元素指封面內要畫些甚麼（如慶祝聖誕，可以畫聖誕禮物，可以畫聖誕樹，也可以畫聖誕老人），構圖指如何安置各個元素在一個平面內），技巧則指線條運用、描繪方法與顏色搭配等。

回顧《兒童樂園》前三十年的封面，都由羅冠樵負責。羅冠樵國學底子深厚，加上他有高超的繪畫技術，為他繪畫封面提供了最有利的條件。三十年來七百多個封面，儘管主題時有重複，元素也大同小異，但羅冠樵每每運用想像，簡單地添加一點點不一樣的成分，或轉換場景，或改變角度，讓相同的元素與主題產生

化學作用，成就了七百多張豐富多姿的封面圖，感動了不同時代的兒童。從望鄉濃情到城市生活，從寫實到童趣，從抽離到貼地，羅冠樵與時代不斷向前，不斷變化，而不變的，是他單純而可愛的童心。

至於李子倫與陳子沖，儘管繪畫經驗不如羅冠樵，但因為年輕，觸覺敏銳，往往能從生活中信手拈來更多合時宜的題材來畫封面，加上人物表情誇張，用色又活潑絢麗，又在羅冠樵之外建立全新的《兒童樂園》封面風格。

哗～～～

第 332 期與第 798 期封面，兩個封面主要構圖元素相若：男孩雙手緊握樹枝，雙腳離地，但羅冠樵畫第 798 期時，改了元素，加了三條狗，整張圖的主題也由原來的「採柿子」改為「躲狗追咬」。前者溫馨活潑，後者驚險緊張。

兒童樂園封面大全

培養兒童知識 指導兒童生活！

一周年了！

我們到沙田萬佛寺了！

二周年了！

來看沙田萬佛寺！

三周年了！

四周年了！

六周年了！

特別收錄 ── 《兒童樂園》封面大全

兒童樂園

146

兒童樂園

147

兒童樂園

148

兒童樂園

149

兒童樂園

150

兒童樂園

151

兒童樂園

152

兒童樂園

153

兒童樂園

154

兒童樂園 182

兒童樂園 183

兒童樂園 184

兒童樂園 185

兒童樂園 186

兒童樂園 187

兒童樂園 188

兒童樂園 189

兒童樂園 190

十周年了！

十一周年了！

十二周年了！

兒童樂園 290

兒童樂園 291

兒童樂園 292

兒童樂園 293

兒童樂園 294

兒童樂園 295

兒童樂園 296

兒童樂園 297

兒童樂園 298

十四周年了！

兒童樂園

335

兒童樂園

336

1 9 6 7

兒童樂園

本期隨書贈送
我的記事簿

337

兒童樂園

338

兒童樂園

339

兒童樂園

340

兒童樂園

341

兒童樂園

342

兒童樂園

343

兒童樂園　兒童樂園　兒童樂園

兒童樂園　兒童樂園　兒童樂園

兒童樂園　兒童樂園　兒童樂園

兒童樂園 362

兒童樂園 363

兒童樂園 364

兒童樂園 365

兒童樂園 366

兒童樂園 367

兒童樂園 368

兒童樂園 369

兒童樂園 370

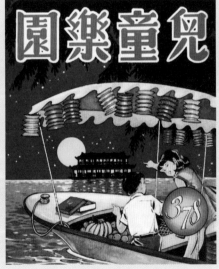

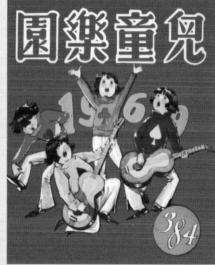

十六周年了！

400 期了！

十七周年了！

特別收錄 一 《兒童樂園》封面大全

兒童樂園 416

兒童樂園 417

兒童樂園 418

兒童樂園 419

兒童樂園 420

兒童樂園 421

兒童樂園 422

兒童樂園 423

兒童樂園 424

十八周年了！

特別收錄　一　《兒童樂園》封面大全

兒童樂園 恭喜發財  兒童樂園

兒童樂園  兒童樂園  兒童樂園

兒童樂園  兒童樂園  兒童樂園

112

十九周年了！

特別收錄 ——《兒童樂園》封面大全

二十一周年了！

120

二十二周年了！

二十三周年了！

兒童樂園
560

兒童樂園
561

兒童樂園
562

兒童樂園
563

兒童樂園
564

兒童樂園
565

兒童樂園
566

兒童樂園
567

兒童樂園
568

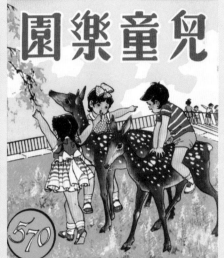

二十四周年了！

本期刊介紹利比家歷險記

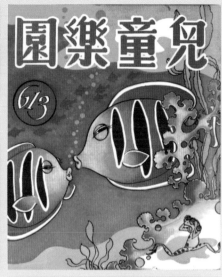

二十六周年了！

每冊港幣一元五角

每冊港幣一元五角

每冊港幣一元五角

兒童樂園

每冊港幣一元五角

629

兒童樂園

每冊港幣一元五角

630

兒童樂園

631

兒童樂園

632

兒童樂園

633

兒童樂園

634

兒童樂園

635

兒童樂園

636

兒童樂園

637

當年貼錯封面號碼，這是 671 期！

二十八周年了！

二十九周年了！

每册港幣二元

兒童樂園 701

每冊港幣二元

兒童樂園 702

慶祝兒童節

兒童樂園 703

兒童樂園 704

兒童樂園 705

兒童樂園 706

兒童樂園 707

兒童樂園 708

兒童樂園 709

三十周年了！

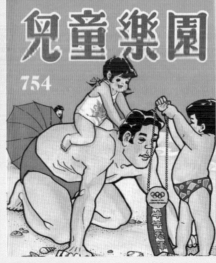

 三十二周年了！

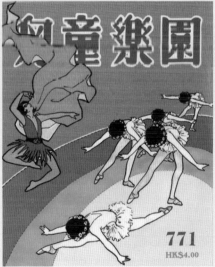

三十三周年了！

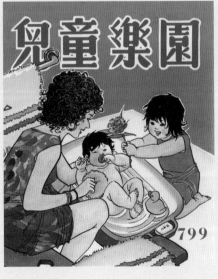

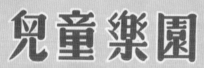

三十四周年了！

特別收錄 — 《兒童樂園》封面大全

156

三十五周年了！

855

856

857

858

859

860

861

862

863

三十六周年了！

864

865

866

867

868

869

870

871

872

三十七周年了！

891

892

893

894

895

896

897

898

899

909

911

三十八周年了！

912

913

914

915

916

917

三十九周年了！

936

937

938

939

940

941

942

943

944

954

955

956

四十周年了！

960

957

958

四十一周年了！

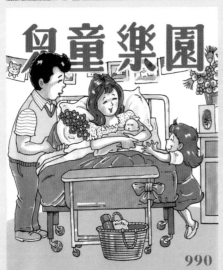

1000 期啦！

多謝支持～～

聖誕快樂！有緣再見！

兒童文藝叢書

封面大全

李亞王

兒童文藝叢書第八種

神燈

兒童文藝叢書第九種

小鹿斑比

兒童文藝叢書第十種

人魚公主

兒童文藝叢書第十一種

湯姆好歷險記

兒童文藝叢書第十二種

神箭手威廉泰爾

兒童文藝叢書第十三種

愛麗斯夢遊仙境

兒童文藝叢書第十四種

周處除三害

兒童文藝叢書第十五種

怪國遊記

兒童文藝叢書第二十五種
紅色鵝腸花

兒童文藝叢書第二十六種
龍王三公主

兒童文藝叢書第二十七種
三劍俠

兒童文藝叢書第二十八種
羅賓漢

兒童文藝叢書第二十九種
再回金銀島

兒童文藝叢書第三十種
古堡藏龍

兒童文藝叢書第三十一種
魯濱孫漂流記

兒童文藝叢書第三十二種
苦海孤雛

亞里巴巴和四十九大盜

182

兒童文藝叢書第四十三種

雙生小兒妹

兒童文藝叢書第四十四種

狼王子

兒童文藝叢書第四十五種

能言鳥

金河王

兒童文藝叢書第四十七種

綠色的騎士

兒童文藝叢書第四十八種

小龍王

184

兒童文藝叢書第四十九種

拇指姑娘

石像王后

兒童文藝叢書第五十一種

唄髮樹

白雪公主

兒童文藝叢書第六十二種
天國花園
睡美人月刊社出版

兒童文藝叢書
威尼斯的商人

兒童文藝叢書第六十四種
孫悟空大鬧西王母山
兒童月刊社出版

兒童文藝叢書第六十五種
八十日環遊世界
兒童樂園月刊社出版

兒童文藝叢書第六十六種
百寶囊
兒童月刊社出版

兒童文藝叢書第六十七種
春天的女神
兒童樂園月刊社出版

兒童文藝叢書第六十八種
睡公主

兒童文藝叢書第七十種
勇敢小偵探

187

現在就去看下篇～

樂園漫遊

《兒童樂園》內容巡禮

下篇

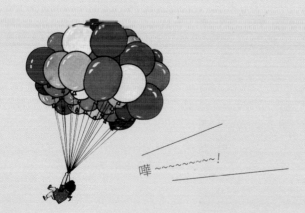

嘩～～～～～～～！

中國神話傳說

中國神話

《兒童樂園》的故事常取材自傳統歷史與古代傳說，當中不乏神話異說。雖說是神話，卻也是中國傳統文化的部分，充分體現古人如何看待自身與神明上蒼的關係。在首三百期的《兒童樂園》中，曾出現過的神話故事如「牛郎織女」「夸父追日」「精衛填海」，但多屬零星刊載，不成體系。事實上，中國神話雖然源遠流長，卻欠缺完整的系統。這些神話散見於古代的典籍，如先秦時期的《莊子》《墨子》《韓非子》《國語》《左傳》，以及秦漢時期的《呂氏春秋》《淮南子》與《山海經》，還有一些記載早已失傳，只留下片言隻語。因此，要有系統地介紹中國神話，並不容易。

《兒童樂園》卻做到了。從 306 期開始，羅冠樵以筆名「方伯」繪畫「中國神話」，有系統地介紹在上古時期即已流傳的古代神話，第一回是盤古開天闢地，之後是女媧造人……。羅冠樵編寫中國神話故事的期望與野心，在後來出版的「中國神話」單行本《開天闢地》序文中（兒童樂園半月刊社，1966 年，頁 3），有更清楚的說明：

> （中國）有豐富的神話流傳下來。不過，它不像是外國希臘神話這般完整，只是零碎片斷地載於[1]各種古籍裏面，而且，時代的先後和人物的附會，常有差異；原文敘述又欠缺故事性。如果把這些材料輯起來給小孩子看，是不能使他們理解的。鑒於這些

《兒童樂園》第 306 期頁 17。畫盤古開天闢地的故事，末段以附注形式，引出《太平御覽》收錄的《三五歷記》原文，以證來源。

半月刊社出版單行本《開天闢地》，收錄了「中國神話」前三段故事，包括「盤古開天闢地」「女媧造人和補天」，以及「東方天帝——伏羲」。

---

1 「於」原文為「在」字。

原因，我們便把這些材料改編成較為具體的故事，繪成連續圖畫，盡量使兒童增加興趣，在故事本身，務求合乎情理，使兒童易於了解；並且把零碎片斷的材料，按時代的先後連貫起來，使讀者對我國神話得到統一的完整概念。關於這一點，我們已經費了不少工夫……

羅冠樵針對傳統神話零碎、沒有系統與時序、缺乏故事性的缺點，彙合整理原來散見於各地各書的神話傳說，按照「事件」發生時間來重新排序，加入故事情節與起承轉合的連接，如此一來，許多看似雜亂無章的零碎記載得以匯編成以神話為主題的另類中國文化史。羅冠樵筆下的神話故事，並非單靠傳聞憑空想像，而是皆有所本。如首回「開天闢地」描繪的盤古故事，來源自《三五歷記》。該書早已失傳，唯部分文字曾為歷代古書引用，到了宋朝時候，這些文字經重新整理，收入供皇帝閱讀的《太平御覽》中。為了讓故事顯得更有根據，羅冠樵甚至在故事末尾處，引出原文。不過，這些文字皆用文言寫成，較難閱讀，所以，幾期過後便取消了。雖然不再附列文言原文，但仍會指出故事出處，如軒轅與神農的「阪泉

《兒童樂園》第 118 期頁 10。在 306 期以前，《兒童樂園》也會有零星的中國神話故事，以文字為主，插圖為輔。

之戰」，故事結束時說「本篇根據：黃帝與炎帝戰於阪泉之野，帥熊、羆、狼、豹、貙、虎為前驅，以雕鶡鷹鳶旗幟。（『列子‧黃帝篇』）」。

「中國神話故事」前後共連載了七年，從第 306 期（1965 年 10 月 1 日）開始，一直寫到第 494 期（1972 年 8 月 1 日）為止。整個神話故事分三部分，第一部分「上古神話篇」（從 306 期到 349 期），除了盤古與女媧這些創世神話外，還寫了五帝的由來，釐清了整個「天界」架構與「神脈」關係。事實上，中國神話往往會「歷史化」（許多神話傳說都成了歷史），神祇便成了人，進入歷史中。「五帝」既是天帝，也是人王。東方天帝伏羲、南方天帝神農、中央天帝軒轅、西方天帝少昊、北方天帝顓頊，即有人性，又有神能。羅冠樵既指出了五帝如何由人間首領成為天上神祇，也把上古時候蚩尤與刑天之爭、炎帝（神農）與黃帝（軒轅）的「阪泉之戰」、蚩尤與黃帝的涿鹿之戰，納入到筆下的中國神話系統之內。

第二部分「上古帝王篇」（第 350 期到 410 期），寫唐、虞、夏、商四朝的開國君主：堯帝、舜帝、大禹、商湯。中國四大神話的「后羿射日」與「嫦娥奔月」，就是在堯帝時發生。

華夏文明發源於黃河流域，流經華北平原一段的黃河時常氾濫，引致洪水為患。中國古代也流傳了許多與洪水有關的神話。四大神話的「女媧補天」與「共工觸山」都與洪水有關。特別是「共工觸山」，由於故事太過深入民心，以致說故事的人有時也會搞錯，把每次出現的洪水都說成是共工觸山所為。羅冠樵寫中國神話故事時，共有三次「洪水」。他特別區分了各個時代的洪水的前因後果與關係人物，更有相關傳說支持，建立了清晰的洪水神話體系。

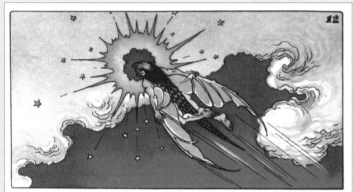

《兒童樂園》第 344 期頁 12。第二次洪水，四大神話中的「共工觸山」。

《兒童樂園》第 308 期頁 21。第一次洪水。

《兒童樂園》第 374 期頁 12。第三次洪水。

是洪水！

《兒童樂園》第 350 期頁 12-13。中國四大明君之首「堯帝」的事跡記載在《尚書 · 堯典》篇中，羅冠樵根據所記，突出堯帝一朝的重要大臣（如周朝的祖先后稷）。寫的雖然是神話，卻充滿歷史文化內涵。

《兒童樂園》第 390 期頁 12-13。大禹治水，得天神庚辰相助，期間遇上水怪無支祁。一怪一神來一場「變身」之爭，水怪最後被擒，壓於龜山之下。明朝時候，吳承恩寫《西遊記》，就採用了這段故事，只是主角換了，無支祁變成孫悟空，庚辰變作楊戩。

《兒童樂園》第 342 期頁 13-14。這期故事共出現八種上古異獸，部分記載於《山海經》中。羅冠樵根據經中所記，去蕪存菁，突出了異獸的特徵。

第一次是女媧創世初期，羅冠樵用了一個流傳於西南方少數民族的神話傳說：苗族人捉到了雷神，雷神逃脫後為報復而把上天撞出幾個大洞來，連綿暴雨從大洞傾瀉而出導致洪水氾濫。這次洪水之厄，在女媧煉石補青天後得以解脫。第二次洪水才是水神共工觸山引起的。共工因敗給天帝顓頊，一怒之下，用頭撞斷了「不周山」。不周山是天柱，用來支撐上天。天塌了下來，再次引起洪水。然而，為甚麼共工要與顓頊打起來呢？漢代的古書《淮南子》只是簡單地說了「爭為帝」。但爭為帝沒有故事可言，羅冠樵編繪時，加了一個引子：軒轅黃帝讓位給顓頊做中央天帝，顓頊繼位後命令太陽照射北方的王家花園。身處北方的共工給照得「頭昏眼花」，有了興兵的藉口，率眾與顓頊打了起來。第三次洪水也是共工所為，但這次只是奉天帝之命行事：下界凡人殺死了原為天神的后羿（因為射殺了天帝九個兒子而被貶為人），天帝不悅，命令共工發起洪水懲罰世

人。這次洪水發生在堯帝時候，最後舜帝找來大禹負責「治水」。

第三部分「武王伐紂篇」（從第 411 期到 494 期），這部分故事乃據《封神演義》簡編而成，沒有「封神」行為，刪去了原書三教中的闡教教主元始天尊和截教的通天教主，只留下道教教主太上老君，但保留了女媧命九尾狐狸精（後化身妲己）擾亂紂王朝綱，以及姜子牙協助武王東進討伐紂王的主線情節，闡教元始天尊座下十二大羅金仙廣成子、太乙真人、雲中子等師徒則客串演出。

羅冠樵以敦煌壁畫的神祇為「中國神話故事」的參考原型（如神仙頭頂皆有靈光），加上無限創意，把傳統神話及《封神演義》《山海經》等小說的動人故事與珍禽異獸經具象化而描繪出來。筆下的神仙衣袂飄飄，法寶橫空祭起，讓讀者走進既玄幻神奇又富有文化氣息的想像世界之中。

中國神話組合圖。《封神演義》寫武王伐紂，加入道教、闡教、截教三教中人的神仙對決，書中提及許多仙家法寶，諸如：混元金斗、神火罩、打神鞭、杏黃旗、番天印、太極圖、陰陽鏡、乾坤圈、金蛟剪、定海珠等，羅冠樵把文字化為想像，畫出了一個滿天法寶的世界，全都是精心設計，讓人目不暇給。

張浚華憶述老師唐君毅先生「叫我每次帶一本《兒童樂園》給他，就是看裏面的中國神話連載」。[2] 能入當代大儒的法眼，「中國神話故事」的文化含量，可見一斑。

中國神仙故事

「中國神話」於第 494 期結束，接續而來的是「中國神仙故事新編」，從第 495 期開始，到第 523 期結束。雖說是「中國神仙」，實際就是「八仙新傳」，因為前後共連載了二十九期，其中二十七期與八仙有關，第 522 與第 523 兩期，主角是「左慈道人」，之後就無以為繼。八仙故事，大概可以分為兩大類，第一類是八仙各自得道的經過，第二類就是最膾炙人口的「八仙過海」；八仙得道的過程，並沒有很吸引人的故事情節，故羅冠樵只集中火力描繪鍾離權（三期）、呂洞賓（七期）、韓湘子（四期），

曹國舅、鐵拐李與張果老，分別各位一期，而藍采和與荷仙姑，甫一出場已是仙人。

「八仙過海」，各顯神通，藍采和的花籃吸引了水底的龍族，從而牽起一場爭奪戰與復仇戰，重頭戲是八仙搬泰山移平東海。

八仙雖然是中國眾神祇中較為人熟知的，但除了神異色彩相對濃厚外，故事本身卻缺乏引人入勝的情節，無疑是羅冠樵挑選故事改編時面對的一大難題。在整個八仙故事中，有一個地方羅冠樵選得極好，為八仙故事增添了文化色彩。八仙中的韓湘子相傳為韓愈的姪孫（在「中國神仙故事新編」中，羅冠樵改為姪子），韓愈是唐代著名文人，唐宋散文八大家之首，提倡的古文運動更牽動中國古文發展方向。韓愈筆下的〈左遷至藍關示姪孫湘〉一詩，當中的「湘」就是韓湘子。在八仙故事中，韓湘子

《兒童樂園》第 517 期頁 14-15。八仙過海後，因為藍采和被搶去寶籃，雙方產生爭執，八仙被四海龍王困於海底，脫險後移山塞東海。

2　盧瑋鑾、熊志琴：《香港文化眾聲道 2》，頁 202。

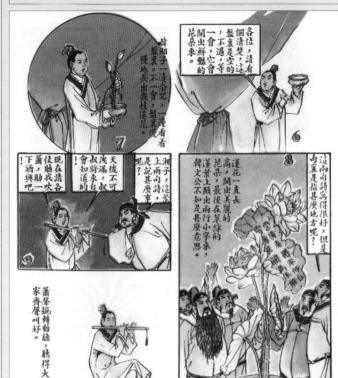

《兒童樂園》第507期頁12-13，第508期頁12-13。韓湘子應叔父韓文公（韓愈）要求，表演戲法，蓮花開出，葉上寫上詩句。韓愈後來被貶，韓湘子在雪道上迎接叔父，才說出當日蓮花葉上的詩謎就是指當下情境。

第 508 期頁 12 第 3 圖格。

第 807 期頁 13 第 8 圖格。

應韓愈邀請在一眾賓客面前施展道術，讓牡丹迅即開花（羅冠樵改編為蓮花），而花朵（蓮葉）上出現兩行字「雲橫秦嶺家何在，雪擁藍關馬不前」，寫的是日後韓愈被貶到潮州任刺史時途經藍關遇上的一場大風雪。韓愈後來作詩，記錄這事，把韓湘子的兩句詩偈放在詩中。

韓愈與韓湘子的另一段故事，更與韓愈的名作〈祭鱷魚文〉有關。其時潮州有鱷魚為害，吃光附近牲畜，於是韓愈寫了一篇文章責難鱷魚，勸其搬遷（傳說鱷魚自此以後真的走了）。在八仙故事中，這篇傳頌千古的〈祭鱷魚文〉原來是韓湘子請韓愈寫的，韓愈裝模作樣地向鱷魚讀出文章，韓湘子則請金甲神將驅趕鱷魚。由於有了韓愈，「中國神仙故事新編」不再只

是抽象的神異之說，還與歷史文化拉上關係。

八仙故事之後，羅冠樵挑選了三國時候的左慈為改編對象，與八仙相比，左慈名氣更低，羅冠樵只寫了兩期，雖然短短四頁中密集式地寫出左慈神通（變出柑肉、畫龍取膽、片刻開花、酒杯變白鳩……），但依然沒有可供人追看的故事。事實上，羅冠樵早在十六年前，已經寫過一次左慈。1958 年出版的第 143 期《兒童樂園》，筆名青山的羅冠樵寫了〈左慈戲曹操〉這則「歷史故事」，不過，文中的左慈只是雲遊道士，「玩得一手好魔術」。相比之下，第 143 期的左慈，神通雖然大為不如，卻更有戲味。第 523 期之後，羅冠樵終於放棄了中國神仙故事，轉而改編《水滸傳》。

小圓圓

要在逾千期的《兒童樂園》中選一個代表人物，那一定是小圓圓。第一、這是百分之百屬於《兒童樂園》的原創人物，第二、小圓圓是書中台柱，自創刊號即已登場，一直到七百二十多期才光榮退役，陪伴讀者前後長達三十年。

小圓圓到底是個甚麼樣的人呢？張浚華在三聯書店出版的《小圓圓》精選故事集序文中說得最是扼要中肯：

> 羅冠樵有使命感，要用他的畫筆教化兒童。他筆下的小圓圓是幸福家庭的模範兒童，既是乖女兒、好學生，又是大姐姐、小老師，深受讀者、家長和教師歡迎，上世紀五十年代至八十年代家傳戶曉。

每個兒童，都希望自己生活在幸福家庭中；每個家長，都希望子女是乖小孩；每個老師，都希望能夠教到好學生；每個弟妹，都希望有疼愛與照顧自己的大姐姐大哥哥，而小圓圓就正正是能夠滿足每一個人需要的「模範兒童」，能夠成為所有小朋友的好榜樣。

小圓圓檔案

幾十年後的今日，就讓我們翻查一下這個小朋友的檔案，看看到底怎樣的家庭環境與生活背景，能練就出這麼一位「模範兒童」來？

就人物設定來說，小圓圓出生在中產家庭。在《兒童樂園》創刊號中，小圓圓甫一出場，就收到媽媽給的十元壓歲錢（新年利是）。當時是 1953 年，在百貨公司買一襲童裝，只需八元；更何況，草根階層根本不可能到百貨公司買衣服。小圓圓住港島區，地址是東街十號（第 454 期），[3] 兩層高的獨立房屋，有自己的庭園（第 45 期）。他們家的廚房有傳統的灶頭，下面燒柴的那一種（第 80 期）。家裏除了媽媽做家務外，還有工人好姐（第 598 期）。小圓圓家後來也試過搬到大樓去住，鄰居是個垃圾蟲（第 636 期）。

小圓圓是 4 月 15 日那天出生的，屬白羊座（第 581 期）。故事發展初期，小圓圓只有一個弟弟，叫小胖，7 月 10 日出生，巨蟹座（第 581 期）。1956 年的時候，小圓圓從小學二年級升三年級，而小胖從一年級升到二年級（第 88 期）。按這個線索推算，小圓圓大概是在 1947 或 1948 年出生，而小胖比他小一歲。小圓圓唸小三時，又多了兩個家庭成員（第 106 期），雙胞胎的弟弟和妹妹，叫毛毛和玲玲。他們的外婆、表司、表姐住沙田（第 63 期）。在當年，沙田是鄉下地方了。

本來，小圓圓是姐姐，比小胖唸高一個班級，但兩人後來又變成同班同學（第 125 期），第 127 期也顯示，小圓圓與小胖默書，兩人背一樣的課文。到底是小胖跳班還是小圓圓留級，就不得而知了。兩人的同學分別有：明新（創刊號）、黃聰（第 3 期）、李強（第 13 期）、小麗（第 15 期）。小麗與小圓圓最友好，而小胖也與黃聰是好朋友，四人常常一起活動。

3　第 454 期的《兒童樂園》寫小圓圓參加電視台「一石二鳥」問答遊戲節目，電視節目主持唸出自己家的地址。不過，當時書內是這樣寫的：「住在 X 街 X 號小圓圓小姐請留意電話」；並沒有列出地址。2012 年，三聯書店出版《小圓圓》，選了這一個故事，編輯隨意補上了現實的地址「東街十號」。

《兒童樂園》第 45 期頁 6-7。小胖與黃聰在天台玩水槍，但忘記關水喉，小圓圓坐在園子裏看書，水從天台流到下面。小圓圓家有兩層，園子很大，大到可以晾衣服。

《兒童樂園》第 636 期頁 18-19。本來住二層式獨立屋的小圓圓，這時已經搬到公寓大樓住，有了鄰舍 (可惜鄰居是個垃圾蟲)。

《兒童樂園》第 581 期頁 20。黃聰看星座書，大家報上出生月日。

《兒童樂園》第 88 期頁 4。小圓圓與小胖分別升上小三與小二。

黃聰家住美倫街二｜號（第 505 期），12 月 29 日出生。至於小麗，只知道他家的電話是 821137。那個年代，電話號碼只有六個數字，但住香港島的人如果要打電話到九龍，得在撥號前先撥 3 字，而從九龍打電話到香港島，則須先撥 5 字。如果由香港島打電話到香港島，九龍打電話到九龍，則不用先撥字頭。在第 340 期中，小胖打電話給小麗時，沒有先撥區號字頭，小圓圓家住香港島，那小麗也應該家住港島區了。

小麗的電話號碼當然只是羅冠樵杜撰的，卻為 821137 這戶人家帶來一點點麻煩。在第 343

期《兒童樂園》「小圓圓」故事中，末尾有這麼一句：「小朋友注意：小圓圓、小胖和小麗都沒有電話，請不要打電話找他們。」想來，當時有小朋友看了第 340 期故事後，真的以為 821137 是小麗家的電話號碼，循號碼打過去，自然是「無呢個人」。這戶人家後來反饋給半月刊社知道，半月刊社才登出聲明。事實上，不止第 343 期，之後連續幾期都有這則「聲明」。可見騷擾電話持續了兩三個月才告平息。

《兒童樂園》第 340 期頁 22-23。就是因為小胖撥出的這通電話，才引起後來的電話騷擾風波。

小朋友注意：
小圓圓、小胖和小麗都沒有電話，請不要打電話找他們。

《兒童樂園》第 343 期頁 22-23。第 340 期故事刊出後一個半月，小圓圓故事要在結束時刊登訊息，請小朋友不要打電話給小胖他們。又四個半月之後，第 352 期與第 353 期，也曾登出這段訊息，可見影響力之大。

《兒童樂園》第 230 期頁 12-13。小圓圓與同學依照傳統習俗，於乞巧節玩穿針、漂針游戲。

《兒童樂園》第 467 期頁 12-13。故事中，賊人持刀搶劫，還追人行兇。這時是 1972 年，香港治安欠佳，罪案飆升，故在 1973 年，政府有「撲滅罪惡運動」。小圓圓是生活故事，能夠反映當時情況。

《兒童樂園》第 127 期頁 12-13。「毛毛與玲玲」從「小圓圓」故事獨立出來，變成兩個超短篇。這一期「小圓圓」故事也透露了小圓圓與小胖兩姊弟唸同一個班級（小圓圓本來與小胖唸不同年級）。

「小圓圓」故事

「小圓圓」從創刊號即開始連載，到第 721 期「新的故事」是最終回（另在 724 與 726 兩期，有番外篇）。連載的三十年來，前二十七年從不缺席，每期都有。最後三年，也只有八期沒有刊載小圓圓的故事（分別是第 635、670、689、691、709、717、719 與 720 期）。1983年後，羅冠樵離開《兒童樂園》，而小圓圓故事也戛然而止。

「小圓圓」相當於電視劇中的「處境喜劇」，故事通常是一期完的，每期兩頁（初期有時寫了三頁），寫的是小圓圓與小胖的家庭、校園與社會三方面的生活故事。在這三十年中，他們與上一代的香港人一同經歷過那「制水」的年代，參與過清潔香港運動。那個年代，香港仍然注重農曆七月七日的「七姐誕」（乞巧節）的傳統，小圓圓與小麗也會在月下穿針引線，

祈求能有像織女一樣織布造衣服的技巧，也玩過浮針水面的小遊戲。那個年代，治安不算很好，時有賊人入屋偷盜或順手牽羊之事，小圓圓聰明穩重，小胖雖然衝動但有機智，往往能化險為夷。

毛毛與玲玲

毛毛與玲玲出生後，為小圓圓的故事增添更多生趣。讀者非常喜愛這對淘氣的雙胞胎，以致曾有過短暫的時候，兩人脫離了「小圓圓」而另闢「毛毛與玲玲」的專欄故事。初時是在「小圓圓」兩頁故事內，撥出三分一或一半篇幅來寫。不過，這對羅冠樵來說，無疑是增加了說故事的負擔，篇幅雖然沒有增加，卻要說兩個故事，工作量自然增加不少。因此，試了幾期以後就取消了。1964 年時，李惠珍曾客串《兒童樂園》，除了繪畫趣味盎然、豐富精彩的跨頁主題漫畫外，也畫過毛毛與玲玲的故事（每

半月刊社出版《兒童圖畫故事叢書》，已知最少共出版六種《小圓圓》單行本。

香港三聯書店的《小圓圓》故事精選集封面

小獅兒童文藝出版社出版的《小圓圓叢書》第一冊封面。

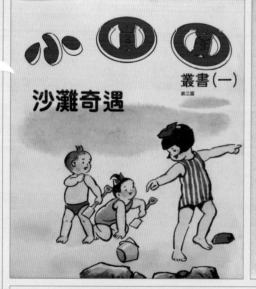

次一頁）。這個時候的李惠珍，還沒有創作《13点》漫畫，但筆下的毛毛與玲玲每期都有設計特別的新衣服穿。兩年之後，李惠珍創作《13点》，故事主人翁周 13 点每期都得更換幾件新款時裝，追本溯源，或可以說是從「毛毛與玲玲」故事開始。

《小圓圓》刊物

「小圓圓」是受歡迎的故事，除了在《兒童樂園》連載外，也曾多次出版單行本。

1957 年，半月刊社出版「兒童圖畫故事叢書」，從《兒童樂園》中挑選受歡迎故事出版單行本（單色印刷），小圓圓故事共出版了六種，每種收錄十五個故事。

1992 年，這時候「小圓圓」故事已經結束。半月刊社與「緣＋勤出版社」（用「小獅兒童文藝出版社」的名義）合作，出版《小圓圓叢書》。第一集《沙灘奇遇》，也收錄了十五個「小圓圓」故事。第二集名為《怪獸出現》，第三集名《紙鳶鬥法》，之後還有沒有，就不得而知了。

2012 年，為完成羅冠樵心願，張浚華聯絡了三聯書店出版社，出版《小圓圓》故事精選集，全書 220 頁，分為六個單元，合共收錄九十七個「小圓圓」故事。

「小圓圓」故事的破綻

與許多長壽漫畫一樣，故事的主人翁所置身的時空永遠不變，小圓圓也是一樣。儘管與小胖每年都過新年、元宵、愚人節、兒童節、清明節、端午節、乞巧節，每年都要拜一次七姐，吃一次月餅，登一次高，送一次聖誕禮物，卻有點像天山童姥，永遠只有九歲。畫長壽漫畫的作者必須緊記一個要訣，就是不要顯示「時間」，特別是年份。一旦出現年份，時間就變得真實，矛盾就會出現。羅冠樵畫「小圓圓」畫了三十年，一直謹守這個原則，卻不經意露了破綻：第 409 期，黃聰說自己是在 1959 年 12 月 29 日出生，但黃聰第一次出現是在 1953 年的第三期，這個時候，黃聰已經九歲了。當然，這只是故意跟作者找碴，小小破綻無損「小圓圓」地位，她永遠是我們每一個人童年時候的好朋友，是學習的榜樣。

「世界巡禮」與「寶寶遊記」

相傳，大禹治水時，走遍神州大地，在成功疏通洪水後，鑄造了九個青銅大鼎，把自己的所見所聞，都刻在鼎上，讓要管治天下的帝王，知道自己所統治的世界，到底是何模樣。「讀萬卷書，不如行萬里路」一直是代代相傳的古人智慧，但對小朋友來說，要走遍天下，無疑是天方夜譚。幸好有戚鈞傑與張浚華，他們編寫的「世界巡禮」與「寶寶遊記」，讓《兒童樂園》成為了大禹九鼎，小讀者足不出戶，也能放眼天下。

世界巡禮

「世界巡禮」，顧名思義，就是到世界各地觀光考察的意思。負責這個欄目的是朱迪，也就是第二任社長戚鈞傑。

說是「世界」，亞洲有中國、印度、印尼、韓國、日本、泰國、巴基斯坦、伊拉克、約旦、緬甸、馬來亞，歐洲有英國、法國、意大利、奧地利、葡萄牙、西班牙、挪威、丹麥、芬蘭、希臘、荷蘭、瑞士、德國，美洲有美國、加拿大、智利，還有澳洲及非洲諸國，確是名實相副。雖說是「觀光考察」，但收入巡禮內的，並非一般名勝景點，而是能夠體驗各地文

《兒童樂園》第 98 期頁 9。

《兒童樂園》第 121 期頁 14-15。

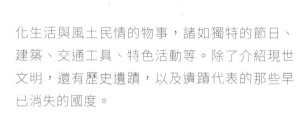

《兒童樂園》第 105 期頁 12。收入「世界巡禮」內的，不只是各地建築與風景，更多是各地千奇百怪的事情。

化生活與風土民情的物事，諸如獨特的節日、建築、交通工具、特色活動等。除了介紹現世文明，還有歷史遺蹟，以及遺蹟代表的那些早已消失的國度。

每期的「世界巡禮」通常只有一張圖（一頁一個圖格，或兩頁的跨頁圖格），配上說明文字。雖然只有一張大圖，但或以特寫近觀，或從長鏡遠觀，捕足景觀事物的精髓，讓小讀者對千里之外的世界，有概括的印象。

巡禮眾多介紹中，最特別的是「世界七大奇蹟」。七個建築奇蹟代表七種文明，六種已經消失。即使是「奇蹟」本身，除了金字塔與獅身人面像（第 156 期）完全保留下來外，其餘六種，就只有懸空花園（第 137 期）、莫蘇靈王廟（第 151 期）與戴安娜神殿（第 153 期）尚有少許遺蹟殘存；其餘三大奇蹟太陽神殿（第 138 期）、亞歷山大法魯斯燈塔（第 141 期）與赫斯里奧巨像（第 150 期），都是後人憑少許紀錄，加上想像模擬出當日的建築輪廓。《兒童樂園》的畫師依據想像圖再二次創作描繪，介紹給讀者觀賞。

《兒童樂園》第 141 期頁 2-3。世界七大奇蹟之法魯斯燈塔，已經完全淹沒，不見遺址。

《兒童樂園》第 151 期頁 1。世界七大奇蹟之「莫蘇王靈廟」，遺蹟收藏在大英博物館中。

寶寶遊記

戚鈞傑後來又開闢了新欄目「寶寶遊記」，這個欄目後來由張浚華接手，依舊沿用朱迪這個筆名。有關這個欄目的來源，戚鈞傑說：

> 那時大概是我第一次去歐洲回來，在一本雜誌或報紙上看到一篇連載，一個小女孩到處遊蕩寫給家人和朋友的報道。雜誌報紙叫甚麼名字，是不是英國的，不記得了，但肯是英文的。連載的篇目就是小女孩的名字，好像是 Wee Willie Winkey……雜誌和出版者不知道，也無處可查。而且寶寶遊記也不是完全翻譯的，前幾篇關於歐洲的好像翻譯的成分較多。以後多是改寫的。我只開始寫了前幾篇，以後好像是由你繼續編寫的。[4]

「寶寶遊記」寫主角寶寶與妹妹露露環遊世界。從 1963 年 12 月第 262 期開始，到 1973 年 4 月第 487 期結束旅程，前後歷經約九年半二百二十六集故事。故事是這樣的：小學生寶寶放學後聽大哥哥「講」環遊世界的故事，聽後想親身參與。夜裏，神仙姐姐忽然出現，許

4　文中最後一句的「你」指張浚華。戚鈞傑已屆九十高齡，現居美國三藩市。上文取自戚鈞傑回覆張浚華的電郵。

了寶寶環遊世界的願望，送他可以乘搭任何交通工具的「旅行票」（還可以騎馬、騎大象）。寶寶於是與妹妹直奔飛機場，坐上飛機，第一站去倫敦；後來到了非洲，碰見小象與象媽媽失散了（第292期），寶寶於是帶小象上路，並為小象改名「班尼」。二人一象自此結伴而行。寶寶離開冰島時，本在飛機上計劃下一站行程，卻碰到另一個小朋友。小朋友叫睦鄰，跟寶寶露露說香港改變了很多，已經有了獅子山隧道與海底隧道。正說得起勁，二人從睡夢中醒過來，旅程由是結束。原來，一切都是黃粱一夢。

「寶寶遊記」共連載了九年多，寶寶的足跡遍及全球五大洲，遊歷了接近四十個國家超過一百個城市：歐洲→非洲→亞洲→澳洲→南極→亞洲→北美洲→歐洲→北美洲→南美洲→南極→北美洲→北極→歐洲。不難發現，寶寶也曾舊地重遊。像英國是首站，但後來到了美國，又從美國飛到英國重遊舊地。這是因為「寶寶遊記」先後由二人編寫內容。戚鈞傑或許參考了「八十日環遊世界」的玩法，每國只到一城，像參加旅行團一樣走馬看花。到了張浚華接手，採用深度遊方式，詳細介紹所到之處的生活與景點。就以遊倫敦為例，寶寶第一次去倫敦，只寫了兩期內容（第262期與第263期），去過的地方只有倫敦塔與倫敦橋。第二次去倫敦，足足寫了九期（第383期至第391期），去過攝政街、牛津街、特法加廣場、肯盛頓花園、海德公園、倫敦動物園、溫莎堡；活動更多：看過小飛俠像、大理石拱門，餵食過白鴿，坐過地下鐵（那個時候香港還沒有地鐵），坐駱馬車，和猩猩喝下午茶，也遊過泰晤士河。戚、張二人當年還是年青人，出外遊歷自然不多；編寫「寶寶遊記」，靠的是外國雜誌，透過翻譯與改寫，與讀者一同暢遊天下。

「寶寶遊記」與「世界巡禮」同樣介紹世界各地的風土民情，但無論在內容、故事與圖畫上，「寶寶遊記」更勝一籌，內容全面而透徹，以小朋友的視野、遊記的方式，上山下海，親身遊歷。1963年，資訊還不發達，世界到底長甚麼樣子，只能透過報紙看模糊的黑白照片，或透過電台廣播聽人談四方遊歷，電視台最早的旅遊節目「大江南北」要到70年代末才開始，而在1973年，寶寶已經走完全世界。他的遊記「有圖有真相」，以文字與圖畫告訴那個年代的小朋友，這個世界到底是何模樣。

右表所列為「寶寶遊記」中的歐洲遊（第一次），途經十一個歐洲國家十三個城市、地方，到過的「景點」多達三十個，還看了歌劇、特色舞蹈，跳過降落傘、坐過遊輪和駱駝、滑過雪。這些「經歷」，都為小朋友帶來無限的遐想，也開拓了讀者的眼界。

《兒童樂園》第262與第269期封面。262期為「寶寶遊記」首回，封面以寶寶與露露穿了睡衣上飛機為主題。269期封面主題為「到大洋船去」，寫寶寶二人搭接駁小船到大郵輪上。在短短四個月內，共有兩個封面與「寶寶遊記」有關，可見這個主題確實受到讀者歡迎。

「寶寶遊記」歐洲遊蹤

期數	國家	城市	觀光活動
263	英國	倫敦	倫敦塔、倫敦橋、船上過聖誕
264			
265	瑞典	斯德哥爾摩	市政府大廈、斯干孫露天博物館、皇家劇院
266	挪威	奧斯陸	皇宮、國會大廈、富格蘭公園
267	丹麥	哥本哈根	美人魚銅像、安徒生銅像
268			蒂維麗遊樂場
269	坐遊輪		
270	英國	直布羅陀	
271	西班牙	巴塞隆拿	蘭巴拉斯大街、舞蹈表演
272	法國	巴黎	跳降傘
273			凱旋門、羅浮宮
274			聖母院、塞茵河、巴黎鐵塔
275			葡萄園
276	瑞士	日內瓦	坐火車、遊公園、看天鵝、大噴泉
277		塞馬特	坐汽船、在阿爾卑斯山滑雪
278			登麥塔洪峰
279			從麥塔洪峰往意大利境內滑去
280	意大利	都靈	參看電單車廠
281		威尼斯	在運河坐船
282		羅馬	威尼斯宮、希望之泉、首都廣場
283			鬥獸場、聖彼得堡、梵蒂岡
284	經過希臘、塞浦路斯，到蘇彝士運河，坐駱駝		

《兒童樂園》第 273 期頁 22-23。寶寶遊巴黎，看了凱旋門，走過香榭麗舍大道，到友愛廣場的自由紀念碑，又入了羅浮宮看愛神雕像。最有趣的是，作者仿照達文西畫了一幅贗品「蒙羅麗莎」，雖然相差甚遠，卻讓讀者記住畫中女人的「甫士」。

《兒童樂園》第 384 期頁 24-25。「寶寶遊記」的第一站是倫敦，但只玩了一天，看了倫敦塔與倫敦橋便離開了英國。五年之後，身在美國的寶寶有機會再去歐洲，第一站也是倫敦。不同的是，這次遊英國，玩了半年多（共十五期）。

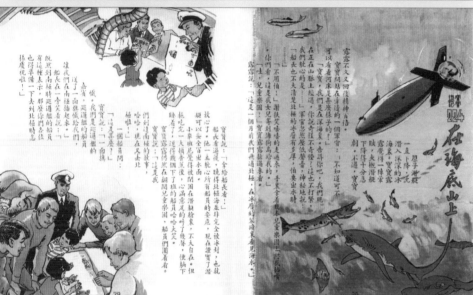

《兒童樂園》第 482 期頁 28-29。寶寶乘坐原子潛艇潛到深海之中。這期比較有趣的是，《兒童樂園》在故事中加插植入式廣告：寶寶把旅遊經驗寫成故事，寄到半月刊社。美國太空人謝扶的女兒把《兒童樂園》寄到海狗島給爸爸，謝扶把書帶到潛艇裏，給寶寶看自己寫的文章。

《兒童樂園》第 487 期頁 16-17。「寶寶遊記」第 229 回〈回到了家〉。故事從第 262 期到 487 期，實際上只運載了二百二十六次，那是因為第 80 回（第 341 期）後直接跳到第 84 回（第 342 期），中間憑空消失了三回故事。

幽默故事

從《兒童樂園》第二期開始，幽默故事漫畫即以不同的面貌呈現讀者眼前，一則讓讀者產生輕鬆愉悅的感覺，二則可以培養幽默感。

《兒童樂園》中的幽默故事可以分為兩大類，最基本的是「笑話」（第 442 期以後改叫「笑一笑」），可以是單幅圖畫，也可以是連圖（通常是四格漫畫），旨在製造笑料，逗人發笑。最早的笑話在第 12 期，題名「兩個急性人」。

另一類為「滑稽故事」（有時叫「滑稽漫畫」，名稱雖然不同，但內容沒有太大區別，看似隨意分類）。滑稽故事內容天南地北，可以是動物故事，也可以是人的故事，透過誤會、擺烏龍、自作聰明、巧合等元素，製造滑稽效果。最早的滑稽故事在第二期，名為「看球拍」，

故事雖然不怎麼有趣，但第三張圖與第四張圖動作連貫，頗能製造喜感。滑稽故事通常都是一期完的單元，但從第 82 期的「傻大王」開始，又有了系列式的連載故事，相同的人物（有時是動物）每期演出不同情節，發生滑稽幽默的事情。

1962 年時，半月刊社從《兒童樂園》中精選了十八個單元故事，組合出版單行本，並以第一個故事「胖松鼠寫生」為書名。全書 28 頁，單色印刷，首刷一萬五千本。1968 年時再版，收入《兒童滑稽漫畫故事叢書》內。

《兒童滑稽漫畫故事叢書》第一輯封面。

《兒童樂園》第 2 期頁 10-11。這是《兒童樂園》第一個幽默故事。

傻大王

主角傻大王是河馬，另外還有大象肥仔與烏龜烏仔，故事寫的是三人互動的經過。由於傻大王做事經常擺烏龍，害得肥仔與烏仔在背後為他張羅掩飾補過。整個故事由七個單元組成，分別是釣魚、打獵、運動、溜冰、滑雪、過聖誕、過年，另加一個單元由大象肥仔做主角的「肥仔上學」。

「傻大王」後來出版單行本，屬《兒童圖畫故事叢書》與《兒童滑稽漫畫故事叢書》，只收錄了其中六個故事，礙於篇幅所限，放棄了「溜冰」與「肥仔上學」兩單元。

《兒童滑稽漫畫故事叢書》第三輯封面。

《兒童樂園》第 85 期頁 20-21。「傻大王」系列故事，每個故事都以「傻大王 XX」為名，連載兩期到三期。

大耳王

「大耳王」是擁有一雙大耳的小兔子，造型可愛。故事共分兩段，從第 190 期到第 204 期屬第一段，作者古小東，故事背景是森林，寫大耳王在森林中的生活，與其他兔子、動物相處時的烏龍事情，充滿童趣。第二段從 264 期開始，到第 321 期（並非每期都有連載），作者洛奇。由於換了作者，大耳王的造型也稍有不同。大耳王已從森林移居到動物城市，這段故事寫的是他在城市生活的種種趣聞。雖然同樣是連圖故事，但第二段故事文字較多，每個故事八張圖，每張圖配約六十字。

第一段故事，1963 年時出版了單行本（單色印刷），收錄在《兒童圖畫故事叢書》內，1968年再版，收錄在《兒童滑稽漫畫故事叢書》內。

《兒童滑稽漫畫故事叢書》第二輯封面。

《兒童樂園》第 201 期頁 10-11。

到了 70 年代，又有兩個讓人印象深刻的滑稽故事：「吹吹」與「土撥鼠」。

吹吹

「吹吹」的故事脫胎自德國兒童文學大師耶里希 · 凱斯特納（Kästner, Erich）撰文、插畫大師華特 · 特里爾（Trier, Walter）繪畫插圖的《搗蛋鬼提爾》（Till Eulenspiegel）。耶里希的《搗蛋鬼提爾》雖然成書於 1967 年，但「提爾」在歐洲則是家傳戶曉的惡作劇人物，最早於德國的故事集中出現。台灣商周出版社副主編羅珮芳說：「在傳說中，提爾不只是個小丑，還是個聰明風趣、有見地膽識的人物。他的惡作劇旨在揭發人們的劣行，並發洩他對時代的憤怒。」[5]

張浚華曾親述把《搗蛋鬼提爾》引介入《兒童樂園》的過程：

> 1971 年，我看中德國兒童文學大師 Erich Kästner 的名著 Till Eulenspiegel，每篇都有一幅 Walter Trier 的插圖。我想把它改成每篇兩頁的連圖故事刊登，請羅冠樵照這一幅插圖的風格，和根據故事內容「創作」出其他十幅八幅圖畫。這就是我們在《兒童樂園》第 436 期起刊登的一系列「吹吹」的故事。羅冠樵花一兩天時間就可以完成一篇，又畫得生動傳神。[6]

張浚華從圖書館借來中譯本，深受吸引，於是改編故事，改寫文字，並請羅冠樵繪畫連

圖。故事的主人翁改名「吹吹」，於第 436 期到 450 期連載。原文一個故事一張圖，羅冠樵參考了華特為提爾設計的造型，把吹吹畫得更青春可愛。每個故事內各張連圖，捨棄原來方正的格局，利用圖格重疊、大圖小圖拼合、甚至去掉邊框或繪製特色邊框，營造活潑跳躍的風格以配合滑稽的內容。文字部分，張浚華只是改寫而不是翻譯，只求達到相近的效果，不受原文拘束，如此一來，原來的小說語言變為扼要的漫畫旁白與對白，張浚華的改寫恰到好處，沒有「翻譯腔」。

張浚華當年所看的中譯本已不可考，但可與 2005 年台灣大田出版社出版的《搗蛋鬼提爾》做比較，稍稍了解張浚華的「改編功力」：

> 「我會幫助你們所有的人。」他說道，「你，我的朋友，還有其他的人也是。而且我知道一個絕佳的處方。我必須把你們其中一個燒成粉末，然後你們再服用這個粉末。我也已經考慮過，要把你們哪一個人燒成粉末呢？就是醫院裏病得最重的那一個，他會是最好的選擇，你不覺得嗎？你說呢？」（大田出版社譯文）[7]

> 「我有一個秘方，能治好你們所有人的病。只要把你們其中一個燒成灰，其他的人和水吞服後，馬上便沒事了。可是把誰燒死呢？我認為最公道的是燒病得最重的那個，對嗎？」（第 438 期，張浚華改寫原文）

「維基百科」說：「幾個世紀以來，人們不斷修

5　羅珮芳：〈對人性與戰爭的嘲諷與控訴——一月選書《小丑提爾》〉，本文為網上文章，瀏覽日期：2020 年 5 月 22 日。https://okapi.books.com.tw/article/11715。

6　張浚華：〈你可想懷舊　寫在「兒童樂園——羅冠樵的藝術世界」展覽〉，《明報》2008 年 7 月 31 日。

7　耶里希 · 凱斯特納著，胡功澤審定，蕭芳如等譯：《搗蛋鬼提爾》（台北：大田出版社，2005 年），頁 31。

《兒童樂園》第 438 期頁 18-19。羅冠樵根據張浚華改寫的故事,用十張圖來表達,
在圖格運用方面,變化多端,而主人翁吹吹的表情更多,更有喜感。

19

18

19

18

《兒童樂園》第 439 期頁 18-19。羅冠樵把故事中的貓頭鷹和長尾猴改為貓和狗。
原故事的貓頭鷹和長尾猴,只是店主的氣話,意指「你既是專業的麵包師傅,難道
會烤出貓頭鷹和長尾猴來嗎?」貓狗在廣東話裏,也有隨便的意思(阿貓阿狗)。

正故事的情節，主人公喜劇形象也從早期的粗鄙逐漸正面化。」上世紀 70 年代初，提爾來到了香港，在張浚華與羅冠樵的合作下，又有了不一樣的新形象。《兒童樂園》中的吹吹，雖然愛惡作劇，有時甚至行騙過活，但更多時候，吹吹是在受到不公平對待後對欺負自己的人作出反擊。例如僱用吹吹的木匠不肯發工資，吹吹先是用計把木匠困在屋頂上，並「在木匠的錢包裏取了應得的工資」。惡作劇而不失法度，正是《兒童樂園》給小朋友的意義。

土撥鼠

從第 521 期開始，到第 581 期，《兒童樂園》連載了土撥鼠的故事，講述一隻土撥鼠在現實與魔幻世界中的經歷。故事前半部份較為平實，最初幾期是一期完故事，每期開始時都有相同的開場白：「土撥鼠要做遍所有行業的工作……」。他先後做過海員、明星、記者、畫家、校長、畫則師，也參與過馬戲表演，開過農場，又懂得設計時裝，這些經驗，最後讓他很受歡迎，而當選為市長。之後，故事改為中篇連載方式（一個故事分幾期連載），加入魔幻元素。先是彩虹仙子的故事。由於黑白巫師囚禁了七位色彩仙子，大地一切事物變得只剩黑白兩色，土撥鼠歷經艱辛，找回了彩虹仙子，讓世界回復了原來的色彩。之後，土撥鼠又協助春天仙子與南風，把霜精靈與東西北風三個精靈趕走，讓春回大地。再之後，土撥鼠又到了紙牌國，小丑正在梅花鎮、紅心區、黑桃山與方塊鄉搗亂，偷走了所有紙牌上的紅心、黑桃等圖案，土撥鼠搶走了小丑手上的如意棒，讓一切亂局變回原來模樣，更把小丑變為紙牌。最後，「紙牌們果然照土撥鼠的話去

做，還加上了小丑。不信你們打開一副紙牌看看」。（第 581 期）

土撥鼠故事帶有濃厚的「幽默」色彩，特別是早期的各行業故事，先寫土撥鼠在各行業中飽受冷待，被指派去做不合適的工作，卻意外誤中副車，出現大逆轉，否極泰來，而產生幽默效果。如當海員時被派去洗甲板，後來被要求去找沉沒了兩個月的船，卻在另一艘沉船找到寶物，成了富翁。又如在馬戲團工作時，被團長欺負，要他去當活炮彈，發射出去後被科學家看見，以為他喜歡飛翔，結果找土撥鼠去當太空「鼠」，在月球上漫步。

老與小

「老與小」是《兒童樂園》繼「小圓圓」後另一個自家製的「家庭」，故事人物只有兩個：爺爺與孫子。李成法是羅冠樵的學生，但編寫故事能力未如老師，早期曾漫化「歷史故事」（為歷史故事畫連圖），後來則主要負責重繪西方繪本。張浚華對重繪的要求非常高，而李成法做到了，「老與小」就是張浚華答謝李成法完成苛刻要求而出現的產物。

> 描畫人人都會，問題是畫出來二分像、五分像，還是七分好、八分好。我要的是十分真十分好。我不能破壞原著，拿人家的好東西來糟塌。為了達成這嚴苛的要求，我很將就李成法，還撥出一頁篇幅補償、嘉許他，讓他創作〈老與小〉。除了錯字我甚麼都不改，讓他自由發揮。〈老與小〉也有很多讀者讚好。[8]

8　張浚華：〈我們且行偷天換日 —— 悼《兒童樂園》台柱畫家李成法〉，《信報》2011 年 11 月 5 日。

「老與小」是四格漫畫，李成法一寫就是十年，從第 509 期寫到第 759 期，有時因為太忙而來不及編繪，二百五十期合共刊載了二百零八次，每次兩個故事（第一次只有一個故事），共寫了四百一十五個故事。「老與小」的人物關係與王司馬的《牛仔》相像，故事方向也主要是生活小品。這類漫畫是否好看，要視乎人物性格是否恰當以及故事有沒有充分發揮人物性格。李成法筆下的兩爺孫有點烏龍，有時又福至心靈，而李成法選擇題材尚算恰當，故事中規中舉，有一種淡淡的溫馨與幽默。創作多了，有更多經驗，愈能掌握四格漫畫的敍事方式，利用最後一格製造「意料之外」的喜感。

《兒童樂園》第 755 期頁 9。李成法編繪「老與小」已有一段時間，開始掌握四格漫畫的說故事模式，懂得在最後一格製造出人意料的幽默元素。

《兒童樂園》第 524 期頁 34。1974 年，香港制水，「老與小」反映制水下市民如何應對。

■ 李惠珍與《兒童樂園》

從 1964 年到 1966 年期間（第 275 期到第 333
期），《兒童樂園》有了一點點的改變，就是小
圓圓的雙胞胎弟妹毛毛與玲玲，從「小圓圓」
獨立出來，有了專屬欄目「毛毛與玲玲」。除
此以外，還有別開生面的「畫作」，由於之前
從不曾出現這種畫作，難以歸類，所以，《兒
童樂園》只能名之為「漫畫」。作畫的，正是
繪畫「毛毛與玲玲」的作者，也是後來紅極一
時的少女漫畫《13点》作者李惠珍。

這畫作每期兩頁，都是跨頁大圖，一圖一個主
題，有些是配合時令季節，有些則是純然的憑
空想像。畫作本身沒有任何故事，但有一個很
大的特色：很多人（小朋友）在同一個空間「活
動」。就以主題「慶祝母親節」為例（第 296
期），兩頁大圖內畫的是一個小 party room，
密密擠滿了媽媽（十三個）與小朋友（三十五
個）。整張圖可以分為十一個區塊，每個區塊
一個活動：一個媽媽與兩個小朋友在舞台上演
出《孟母三遷》，而台下有五個媽媽在欣賞。
三個小朋友合力搬運禮物，禮物堆得比他們還
要高兩倍多。四個小朋友在跳芭蕾舞。一個媽
媽坐在沙發上，旁邊有四個小朋友手拿水果侍
候。一個小朋友拿成績表給媽媽看，成績表上
面的分數是 100 分。兩個穿得光鮮亮麗（表示
富有）的小朋友牽着一個衣服有破補（表示窮）
的媽媽進來，媽媽還背了一個小孩。兩個小朋
友捧着一幅母鳥餵食三隻雛鳥的大畫，主題是
「不忘養育恩」。兩個小朋友陪媽媽聽歌，黑
膠碟上面播的正是《世上只有媽媽好》。六個
小朋友在聽故事，而講故事的是另外一個小朋
友，講的是《民間故事二十四孝》。穿廚師服
的小朋友捧着餐盤，餐盤上面有「媽咪餐」，
還有⋯⋯

《兒童樂園》第 275 期頁 25。

《兒童樂園》第 276 期頁 15。

《兒童樂園》第 292 期頁 31。李惠珍繪畫的「小圓圓外傳」，有時名為「毛毛」，有時叫「玲玲」，有時則叫「毛毛與玲玲」。

除了時裝，李惠珍還擅長繪畫與設計無傷大雅的「惡作劇」。在短短的一年半內，李惠珍共為《兒童樂園》畫了三十張「漫畫」，而其中一張「愚人節的聰明人」（第 294 期）最是精彩。愚人節當天，小朋友像領了特別許可，勢要惡作劇一番，卻偏偏碰到聰明的同儕，化解危機：有小朋友從二樓陽台向下澆水，聰明的女孩預先穿好雨衣；小男孩想將畫了烏龜的紙貼在別人的背部，但對方已經事先在自己背上貼了「不准標貼」；雙手拿銅鈸的小朋友正要拍鈸製造聲響吵醒小睡的朋友，但原來朋友坐在「靜寂地帶」，大家都要保持安靜；有人丟蕉皮在地上，而路過的人早已穿上滾軸溜冰鞋，不會「滑」倒；又有人鋸掉椅子一腳，幸好坐上去的小女孩手執四個氣球，讓身體變輕；兩個小孩想要拉直長繩，絆倒路人，而有人早已拿出剪刀剪斷繩子了⋯⋯

《兒童樂園》第 296 期頁 18-19。「李惠珍漫畫」，主題：慶祝母親節。

《兒童樂園》第 294 期頁 18-19。「李惠珍漫畫」，主題：愚人節的聰明人。

《兒童樂園》第 288 期頁 18-19。「李惠珍漫畫」，主題：好孩子與壞孩子。
李惠珍這一系列漫畫共有三大特色：第一、人物眾多，個個不同；第二、
整體布局，心思巧妙；第三、充滿童趣，想像豐富。

《兒童樂園》第 297 期頁 18-19。「李惠珍漫畫」，主題：原始生活。

李惠珍這種充滿童趣的主題畫作不是要說「故事」，而是發揮想像，展示同一主題下的各種可能。由於沒有圖框，讀者不須依照既定先後次序來看圖，閱讀視線可以任意游移。與其他連圖故事相比，這些畫作為讀者帶來很不一樣的樂趣。圖中人物雖多，但衣着各不相同，一張圖五十個小朋友，就是五十件童裝設計。看到這些圖作，就像小朋友走進巧克力專賣店，到處都是色彩繽紛、造型各異的巧克力，除了目不暇給，就是目定口呆。

李惠珍的代表作《13 点》1966 年才面世，《13 点》最讓人印象深刻的是主角 13 点的服裝與惡作劇，而李惠珍在《兒童樂園》的這些畫作就像電視節目《回到未紅時》一樣，讓我們稍稍領略，這一代漫畫名家在未成名時，到底如何憑藉「畫面」「創意」「童趣」嶄露頭角。

李惠珍與張浚華

李惠珍與《兒童樂園》的因緣雖然不足兩年，但她與當時剛到《兒童樂園》不久的編輯初見之日，還有一段「小插曲」。在李惠珍的自傳式漫畫《珍‧13 点》有這麼一段記載：《兒童樂園》的第二任社長戚鈞傑介紹李惠珍到半月刊社找當時的總編輯張浚華（張浚華當時應是執行編輯），她的自述說：「唔知幾時見過一段西洋漫畫，初次見 Boss 要嚇吓對方，於是我帶了一條塑膠蛇。」去到《兒童樂園》位於多寶街的編輯部，李惠珍只見張浚華「忙得像插花蝴蝶左穿右插」「一刻未停過」（旁觀者證明當時的執行編輯到底有多忙碌）。於是，李惠珍把早已預備的塑膠蛇拿出來偷偷放在張浚華的辦公椅子上。張浚華這時進來跟李惠珍見面，邊走邊問對方名字，李惠珍還沒有報上名

《珍・13点》頁 53。李惠珍初遇張浚華。

來，已經聽到張浚華大叫……

幾十年過去了，這次「傑作」依然深印在李惠珍的腦海裏，寫自傳時畫了出來。至於張浚華，對於當天被嚇破膽一幕，已經忘得一乾二淨。她記得的反而是：《兒童樂園》因為稿費不高，以致不能挽留像李惠珍這樣的人才。結緣時間短，記憶卻綿長，只是兩人記得的，是結緣的起點與終點。

播音台

每期《兒童樂園》有不同的欄目內容，有些欄目停駐的時間較長，像「小圓圓」，前後共連載了三十年；有些欄目時間較短，只出現幾個月到一年多不等，像李惠珍的「漫畫」和「毛毛與玲玲」，只間斷地連載了一年多。在所有欄目中，撇除封面、目錄與版權頁不算，最長壽的便是「播音台」。《兒童樂園》有一千零六期，「播音台」就出現一千零六次。

大抵，《兒童樂園》一眾創辦人與繼任人，都認為「資訊」非常重要，才讓這個只有圖與文字而沒有聲音的播「音」台，得與《兒童樂園》同進共退。

「播音台」播的是「新」聞，但其實也不算新了。如 1956 年 6 月 16 日出版的第 83 期，「播音台」有一則「巨鼠殺貓」的訊息，提到台北市五福村的穀倉，有一隻長一尺二寸重三斤的老鼠把家貓活活咬死。依據台灣 1956 年 5 月 7 日《更生報》報道，這件事情其實發生在 5 月 2 日，家貓的主人叫詹榮貴。《兒童樂園》是雙週刊，自然不能比報紙快，即使是舊聞，只要大部分讀者沒看過，便不減價值。

第 1 期到第 7 期是「播音台」開台期，每期只有一到兩則訊息，如創刊號播報的兩則新聞是「新加坡的孤兒市　大家選舉出市長　自己來管理自己」，「菲列濱的矮學生　年紀已經十多歲　身長只有兩呎多」。從創刊號的訊息來看，不難看到編輯的野心：希望讀者能夠放眼天下。不過，作為本土的讀物，如果缺乏本地訊息，也稍嫌不妥，所以從第二期開始，即加入香港訊息：「香港兒童習藝所　新屋完工將開幕　收容犯罪兒童和街頭的貧苦兒童」，再加一則外國訊息：「美國統計犯罪案和氣候冷熱有關　熱天的犯罪人數比冷天多」。第 3

期到第 7 期，都只有一則香港訊息，而且沒有圖畫，只有相片，反倒真的像是雜誌中的新聞了。

從第 8 期開始，「播音台」有了新的突破：第一、增加訊息，由原來的一、兩則訊息大幅增加至六則；第二、每則訊息配上一圖，整個連頁版面又構成一個整體。如此一來，從閱讀視覺上來說，「播音台」完全脫離了雜誌新聞的模式，而完成漫畫化，有點像設計美觀、圖文並茂的教室「壁報」。

每期承載訊息量增加，編輯可以選擇更多不同國家與地區有趣的、特別或重要的訊息；至於標準如何，則要憑編輯的個人喜好與經驗了。此外，隨着《兒童樂園》出版更多元的書籍，「播音台」也肩負宣傳功能，以發布訊息的角度為自家產品、活動賣廣告。如第 23 期，預告第 24 期有《兒童樂園》創刊一周年活動的公告：「好消息：兒童樂園將於一九五四年一月十五日，舉行創刊周年慶祝大會。歡迎各地小朋友參加。節目有兒童歌劇，兒童音樂和各種抽籤得獎活動。詳細辦法請注意下期。」早期的《兒童樂園》曾出版復刻本，並且配上書盒（見本書上篇〈樂園內外〉），一個盒子可放十二期《兒童樂園》，印量只有一千套。在第 48 期《兒童樂園》的「播音台」中，也有這麼一個廣告：「本刊合訂本已經出版了。第一卷（一一十二期）僅裝出一千卷。請小朋友，快到香港德輔道中一六號Ａ二樓本社營業部去購買吧！」。

「播音台」的編輯每天要不斷閱讀各種雜誌新聞，挑選六則合適的訊息並以精簡文字重寫，之後再交給畫家設計繪圖；閱讀量大、時間緊迫，自不待言。因此，在張浚華接任編輯工作後，做了微調。從第 271 期開始，每期「播音台」的訊息由原來六條減至五條，一直維持到《兒童樂園》停刊為止。

《兒童樂園》第 721 期「播音台」。

《兒童樂園》第 1006 期最後一集「播音台」。當時讀者看到突如其來的停刊消息後，定必感到愕然。

詩歌與兒歌

詩歌，向來是中國文學的重要傳統，所謂「在心為志，發言為詩」。透過閱讀詩歌，能夠激發個人情感，引起神思。三千多年前，孔子也建議稚子學生應該好好學習詩歌（孔子口中的詩指《詩經》），，學詩自此以後就成了小童的學習傳統。《兒童樂園》也深明此理，在開創時期，「詩歌」（包括兒歌、民歌）一直是《兒童樂園》的中流砥柱，特別是前一百期，共收錄了一百零二首「歌」，計有詩歌四十一首，兒歌五十四首，歌曲（連曲譜）四首，以及各地民歌三首。

《兒童樂園》收錄的詩歌，有些標明「作者」，如蘇更生、文英、田心，除了蘇更生是羅冠樵外，其餘各人是誰，大部分已不可考。曾訪問過羅冠樵的杜杜說，「羅冠樵自 1953 年到 1971 年，前後 18 年通共畫了約 180 幅兒歌圖，歌詞絕大部分亦出自他的手筆」。（《明周文化》「杜杜專欄」〈瑰麗天地　琉璃世界　銀盤花燈慶元宵〉）

每首詩都會配上圖，有時是跨頁大圖，也有一頁一圖與一頁兩圖的，其中又以跨頁大圖最是搶眼。羅冠樵以筆名「蘇更生」為詩歌配圖，一幅大圖內必須包含詩歌內容的各項元素，除人、景、物外，還要化動態為靜態，捕捉詩中動作與流轉變化的某一刻以平面圖呈現出來，更要有適當的留白空間用以展示文字，實在不容易。

詩歌與圖畫的配合，的確可以產生化學作用。旅居法國的著名作家綠騎士在報章專欄「家在巴黎」憶述《兒童樂園》的兒歌時說：「記得最吸引我的欄目之一是蘇更生的兒歌，配以羅冠樵的插圖。往往讀了又讀，細細地看了又看畫中豐富的細節。我們這些在殖民地出生、英文學校中長大的孩子，從這些美麗的文字與圖畫中，吸吮了許多關於中國、鄉間與泥土的情意。那時，當然是不懂得分析、形容的。讀着那些在日常生活中從沒有體歷過的陌生情景，卻感到無比親切、舒暢。原來它悄悄地喚醒了你埋在心底，連自己也不知道的一枚種籽。」

《兒童樂園》中大部分詩歌，題材主要為時令節氣、兒童生活與動物想像；前者如新年、元宵、端午、乞巧、中秋、重陽，後者如〈小黃狗吃湯圓〉〈小白熊貪吃雞〉〈小老鼠鼠拔牙齒〉〈採菱〉〈快樂的農家〉〈種棉花〉〈放河燈〉。都充滿了中國元素、鄉土情懷，羅冠樵的畫白是最佳的搭配。

1962 年，半月刊社曾結集以「新年」為主題的十三首詩歌、兒歌，出版單行本《拜年歌》，作為《兒童圖畫故事叢書》的第一炮。此外，杜杜報章專欄文章「瓶子集」也提及，著名散文家農婦，「曾經將『兒童樂園』裏面蘇更生的兒歌選過出來，連同羅冠樵獨一無二的插畫一起結集出書」，是又在《拜年歌》之外，另一本《兒童樂園》詩歌的單行本。

不過，隨着時代的推移，兒童興趣的轉變，《兒童樂園》這些充滿鄉土情懷的詩歌、兒歌也開始退役，慢慢淡出。第 101 期到第 200 期，盛極一時的詩歌只剩三十四首，第 201 期到 300 期，進一步下降至二十三首。第 301 期到第 400 期，只剩十二首。第 401 期到第 500 期，只有五首。第 501 期以後，不曾收錄任何詩歌了。

快樂的農家

詩歌　玲玲

蘋果大，
紅紅綠綠滿山坡。
味道甜，
味道鮮，
採了果子好換錢。

稻兒熟，
穗兒長，
黃黃景景滿田莊。
新穀成，
新穀香，
割了穀子有米糧。

不愁吃，
不愁穿，
弟弟妹妹添新裝。
勤種植，
勤開荒，
全家溫飽喜洋洋。

兒歌　農家樂　蘇史虫

1
日頭出，公雞啼，
爸爸起來忙種地；

2
日頭高，上屋脊，
媽媽磨穀又篩米；

3
日頭中，樹影密，
哥哥趕羊過山溪；

4
日頭落，晚霞低，
一家歡樂笑嘻嘻。

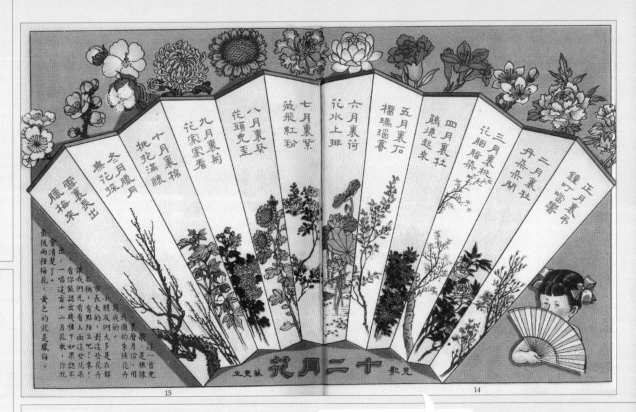

《兒童樂園》第 61 期頁 14-15。

《兒童樂園》第 25 期頁 2-3。季節與節日也是詩歌、兒歌經常採用的主題,「物色之動,心亦搖焉」,小朋友讀後,既可以了解四時、節日的景物,也會因為這些景物而引起詠嘆。〈十二月花〉讓小朋友了解到一年十二個月有不同的花種(物色),而〈紅梅頌〉則是人處身大自然之中,受盛開的紅梅感召(之動)而有的感想(心亦搖焉)。

七夕
兒歌

七月七，
星星多，
牛郎織女
渡銀河。

生蓮藕，
熟菠蘿，
乞巧抬前
五色果。

青紗衫，
白絲羅，
姊妹階前
排排坐。

月彎彎，
浮雲過，
穿針引線
對唱歌。

蘇更生

《兒童樂園》第 38 期頁 14-15。

《兒童樂園》第 183 期頁 18-19。

《兒童樂園》第 255 期頁 14-15。

《兒童樂園》第 327 期頁 18-19。羅冠樵以乎很喜歡乞巧節，
封面、詩歌兒歌、小圓圓故事都經常出現這個主題，每次都
換新角度或搭配不同元素，產生新鮮感。

《拜年歌》頁 4-5。與《兒童樂園》第 25 期的〈紅梅頌〉相比，《拜年歌》收錄的圖以單色印刷，插圖的感染力大減。

《拜年歌》封面。半月刊社 1962 年時推出《兒童圖畫故事叢書》。第一集《拜年歌》結集十三首與新春主題有關的詩歌、兒歌而成。

「歷史故事」與「民間故事」

早期的《兒童樂園》有很強烈的民族精神，想要讓讀者從小就接觸中華文化，透過了解傳統歷史中的重要事件，以及在這些事情底下的先輩前人有何反應與舉動，從潛而默化中慢慢建立起專屬於中國傳統的道德觀，以及培養出適用於普世的價值觀。「歷史故事」與「民間故事」就是因為這種企圖心而出現的。

歷史故事

《兒童樂園》中的「歷史故事」有兩種，第一是歷史人物故事，第二是歷史事件故事，這些故事主要來自古代史書、傳記，如第 68 期歷史故事〈烽火戲諸侯〉來自漢朝司馬遷所寫的《史記‧周本紀》（撰稿與繪圖的人是否讀過原著，就不得而知）；不過，也有些歷史故事，其實只是來自古代傳說，甚至是小說橋段，像第 43 期的〈黑衣女俠紅線〉。這個故事中的主角紅線是唐朝時候潞州節度使薛嵩的女僕人，由於毗鄰的魏博節度使田承嗣想要侵佔潞州，薛嵩憂心兩地交戰，百姓受苦，紅線為解主憂，前往魏博城，偷了田承嗣的床頭金盒（表示可以隨時取去對方頭顱），最後田承嗣打消來犯的念頭。雖然田承嗣與薛嵩都是歷史人物（薛嵩是唐朝征西大元帥薛仁貴的孫子），紅線卻不是，更何況，紅線出發前「額上書太乙神名，再拜而行，倏忽不見」（額頭上寫上類似符咒，臨行前鞠躬，然後忽然不見了），如此神通，史書更無記錄。〈紅線〉其實只是唐代的「傳奇小說」，出自袁郊所寫的《甘澤謠》一書。

《兒童樂園》的歷史故事，按照內容分類，可以分為四大類型，每種類型都有其功能。

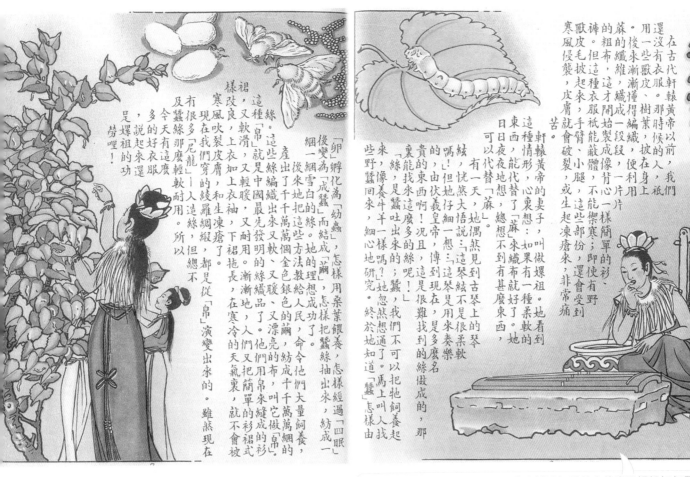

《兒童樂園》第247期頁6-7。故事講述軒轅黃帝的妻子嫘祖如何發現蠶絲可代替蔴織布做衣服，又如何養蠶。最後說：「今天有這麼多的好衣服，說起來還是嫘祖的功勞哩！」

1. 足以自豪的發明

以前，中國的科學技術不如西方，但古時也有若干發明影響後世深遠，甚至為西方重視。小朋友閱讀這些故事，可以從中對傳統文化生出自豪感。相傳遠古時候嫘祖養蠶採絲（第247期）、漢代蔡倫造紙（第162期）、魯班的工藝發明（第249期），對後世來說都有莫大的功勞。即便是醫學方面，李時珍與張仲景的醫藥著作，都足以讓世人重視。李時珍的《本草綱目》是「輝煌無比的著作，在國際上得到極高的評價，英、德、法、日、俄各國都有譯本，成為研究藥物學上不可缺少的一本書」（《兒童樂園》第69期）。張仲景的《傷寒論》「出版的時候，立刻得到全國醫學界的重視，當它是『聖經』一樣。直到今天，連外國的醫生，都認為是一本輝煌不巧的著作」（《兒童樂園》第83期）。

2. 可供取捨的言行

言行舉止反映價值取向，有些行為會有好結果，有的則會招致惡果。《兒童樂園》透過歷史故事，介紹古人言行，讓古人成為楷模或

「人辦」，小朋友從古人的行為取捨與結果學會「見賢思齊，見不賢而內自省」，從而建立正確的倫理精神與價值觀。這些價值觀包括：愛國情操（第 5 期〈愛國畫家曹不興〉、第 34 期〈愛國詩人 —— 屈原〉、第 38 期〈愛國志士 —— 張良〉、第 92 期〈文天祥〉、）、清廉（第 62 期〈廉潔自愛的楊震〉、孝順（第 15 期〈陸績袖橘〉、第 129 期〈扮鹿取乳〉）、誠實（第 22 期〈司馬光剝胡桃〉）、勇於改過（第 30，31 期〈勇於改過的周處〉）、刻苦（第 63 期〈蘆葦當筆〉）、懂得忍辱負重（第 94 期〈韓信跨下受辱〉）[9]、團結（第 97 期〈折箭〉）……

3. 不能輕視的「弱、小」

歷史人物多數為成年人，而《兒童樂園》的主要讀者是小朋友，要小朋友學習大人，自然較難引起共鳴。要讓小朋友閱讀歷史故事後充滿信心，有時，還得「嚴選」故事的主角。歷史上一些「小」人物，便派上用場。「小」，可以指年紀小、可以指身材矮小，也可以指身體有缺陷，相對弱小。有了小人物做榜樣，小朋友便會意識到「小」也可以有用，也可以變得強大，以致不會妄自菲薄。這些小人物包括以船量大象體重的曹沖（第 16 期）、出使楚國與楚王舌劍唇槍的矮小外交家晏嬰（第 46 期）、得到孔子當眾稱讚「聰明」的小朋友項橐（第 104 期）、被砍了雙腳的軍事奇才孫臏（第 5 期），以及年僅十二歲便獲封為上卿（與宰相差不多）的甘羅（第 121 期）。

4. 應對事情的智慧

即使時代不同，相類似的事件仍會不斷發生；但由於處事的人有不同的智慧，結果也相異。《兒童樂園》選擇的歷史事件，處身其中的人即使身陷危險，但只要懂得沉着面對，運用智慧，往往會化險為夷，甚至反敗為勝。如以木頭人欺騙匈奴並為漢高祖解圍的陳平（第 6 期）、以火牛陣反敗為勝的齊國大將田單（第 37 期）、以十二頭牛智退秦國大將孟明的牛販弦高（第 47 期），以及騙曹操軍隊向船上草人射箭，因而取得逾十萬支箭的的孔明（第 72 期）。

《兒童樂園》的歷史故事能讓小朋友透過了解古人言行，從中汲取經驗，作為學習、效法的榜樣，深受讀者、家長歡迎。有見及此，半月刊社也把這些短篇故事結集成單行本，出版歷史類的《兒童故事叢書》，再次匯聚古人智慧，讓小朋友反覆閱讀與思考。

《兒童樂園》前五百期，共刊載了歷史故事一百一十多次，但有些故事重複出現，實際不足二百。大約在第 300 期前後，編輯從以前曾刊載過的歷史故事中選取一些較具情節的，重新改寫，配上新圖（插畫），如第 86 期與第 310 期，都是〈完璧歸趙〉，寫藺相如帶了寶玉和氏璧到秦國交換十五個城池。又如第 94 期〈韓信跨下受辱〉與第 311 期的〈韓信〉，兩文同署名「青山」（《兒童樂園》有一個傳統，相同欄目內容即使由不同的人負責，也可能會使用同一個筆名，青山，是歷史故事常用的筆名），文筆不同，該是不同一人所寫，但兩文結構相若，應該是第 311 期的青山依據第 94 期〈韓信跨下受辱〉改寫而來。

除了改寫、改插圖外，還會把插圖改為連圖。早期的歷史故事，一則故事配三張插畫；張浚華任執行編輯後，請畫家改用連圖方式重新編繪故事。圖畫增加，文字減少，更能吸引讀

9 「跨」當作「胯」。

韓信跨下受辱　青山

《兒童樂園》第 94 期頁 20-21。〈韓信跨下受辱〉故事有兩個教育意義，一是要人學會忍一時之氣，不要衝動、快意恩仇，二是懂得感恩圖報。

歷史故事　小丞相甘羅　青山

《兒童樂園》第 121 期頁 18-19，「甘羅拜相」的故事。

歷史故事　韓信　青山

《兒童樂園》第 311 期頁 16-17。本篇故事據第 94 期的〈韓信跨下受辱〉改寫而來。

者。從第342期開始到第524期（這期以後，《兒童樂園》再沒有刊載歷史故事），《兒童樂園》共有三十篇歷史故事，除第361期〈大力士烏獲〉外，其餘二十九篇，之前都曾經刊載，包括〈周處除三害〉〈孝感強盜〉〈管寧打水〉〈七步成詩〉〈杏林春雨〉〈扮鹿取乳〉〈月餅裏的字條〉〈聰明的項橐〉〈卜式牧羊〉〈火牛陣〉〈偉大的友情〉等。

《兒童故事叢書歷史故事》第五種《小丞相甘羅》封面。半月刊社出版輯錄《兒童樂園》的短篇故事（兩至三頁的故事）出版一系列的單行本，名為《兒童故事叢書》。再版時因應故事性質而再細分為不同小類。《小丞相甘羅》原為《兒童故事叢書》第三十一棟，再版時改為《兒童故事叢書歷史故事》第五種，此故事是一個歷史故事。

「民間故事」與「民間傳說」

「民間故事」與「民間傳說」的內容並沒有太大分野，應該是編輯隨意使用的欄目名稱。所謂「民間」，既指來自地方的傳說（包括神話），也指發生在民間的故事。除了中原地方，民間還包括西藏、新疆、蒙古、東北等，故事中的主人翁不一定是見於歷史傳記的歷史人物，甚至可以沒有任何時代背景，也不知道姓甚名誰。民間故事不強調歷史真實，情節卻比歷史故事更豐富也更有趣，如仙人讓原會走

路的麻雀變得只能一蹦一跳地行動（第77期〈麻雀為甚麼跳着走〉）、桓景的老師費長房講述年青時曾進入壺裏學道（第139期〈壺裏天地〉）、八仙中的呂洞賓送了一個紅棺材給孝順的小孩阿根，這紅棺材可以救活被淹死的小孩（第262期〈紅棺材〉）。

歷史故事與民間故事雖然接近，在《兒童樂園》中的命運卻迥然不同。歷史故事在《兒童樂園》中逐漸減少，民間故事卻相反。《兒童樂園》創刊初期，特別重視歷史故事，首一百期共刊出八十四次，其後逐漸減少，第101到第200期六十三次，第201到第300期三十五次，第301到第400期二十五次，第401到第500期十次，第501到第600期只有一次。第600期以後，《兒童樂園》就沒有再刊載過歷史故事了。反觀民間故事，首一百期只有十六則，第101期到200期有二十一則，第201期到第300期有二十七則，第301期到400期有三十則，而第401期到第500期，則有四十則（如果把民間傳說算進去，數目更多）。此外，民間故事在《兒童樂園》中，也有較強的「生命力」，斷斷續續維持至第1006期（最後一期）。下表亦可以反映出兩種故事在《兒童樂園》的發展趨勢，以及編輯在不同時期的取捨方向。

期數	歷史故事	民間故事
1-100	84	16
101-200	63	21
201-300	35	27
301-400	25	30
401-500	10	40

羅冠樵既寫歷史故事，也寫民間故事。不過，寫民間故事時，通常用筆名「方伯」。有時候，同一故事會重用，像第105期，方伯寫了王羲之兒子王獻之的故事，題為〈寫完一缸水〉。十二年後，這段故事再次刊登，稍稍加減了文字，配上全新的插圖，筆名也改為青山。

方伯

《兒童樂園》第 105 期頁 18-19。

青山

《兒童樂園》第 366 期頁 8-9。本期故事乃據第 105 期的〈寫完一缸水〉增刪而來，作者雖然仍是青山，但插圖則由其他人繪畫。

前面提到張浚華自從擔任《兒童樂園》執行編輯後，力主以連圖表達故事，這個堅持也在民間故事體現出來；像〈聶隱娘〉〈審石頭〉〈公冶長〉〈賣櫝還珠〉〈壺中天地〉〈石崇的故事〉〈馬援的神箭〉〈比目魚的傳說〉〈沈萬山和朱元璋〉〈魯班借龍宮〉〈黃鶴樓的故事〉〈孟宗哭筍〉〈高亮趕水〉〈目連救母〉，都曾在《兒童樂園》中先後出現，早期用插圖，後期改用連圖表達。

第 452 期可以說是民間故事的轉捩點。從這一期〈美鴛學畫〉開始，羅冠樵改變了故事人物的畫法，由原來的相對寫實變為更接近卡通，最明顯的是身體比例，由原來的五等身（身高是頭高的五倍）變為三等身（身高是頭高的三倍）。在三等身的比例下，人物的頭部變大，五官表情可以更誇張，手腳變短，相對比較可愛。這種轉變可以更淡化故事的真實性，故事可以表達得更天馬行空，更有趣，也更能吸引小朋友注意。

歷史故事有史實、時間作依據，而民間故事以各地傳說為來源，前者實，後者虛，前者縱（時間），後者橫（地域），前者教育意義深遠，後者故事情節有趣，而中國傳統文化與精神，也就在縱橫五千年的虛實故事之間，為兒童打下最穩固的基礎。

《兒童樂園》第 215 期頁 18-19。

民間傳說

孟宗哭筍

—雪姑—

冬天裏，我們常能吃到冬筍，冬筍味道鮮美可口，大家都愛吃。據說冬筍的由來，有這麼一段故事：

漢朝時代，有個孩子叫孟宗，他對父母非常孝順，可惜媽媽很早就死了，爸爸要了個後母。爸爸也死了，不到幾年，孟宗孝順後母，和孝順生媽媽一樣。可是後母的性情非常乖張，常常要孟宗做他負担不起的粗重工夫。孟宗年紀小，有時候工夫做不好，後母就不問情由地打他，罵他，萬他，孟宗挨打挨罵後，心裏不但不怨恨，還責怪自己做的不好。因此，親友鄰居都誇讚他。後母聽到別人稱讚孟宗，心裏更討厭他，於是時常找些他做不到的事情，來為難孟宗。

有一年冬天，下大雪，刮大風，破棉襖，在冬序裏凍著，他還做得起勁的樣子，忽然走到他的身邊來。

"宗兒，我真想吃些鮮筍，你去雪地裏，拿了把鋤頭，你馬上去。"孟宗一點也不猶疑，"好的！我馬上去。"他拍了半天門，後母才走出來，把門打開，只探半個頭出來了。

雪下得很大，地面蓋上了厚厚的一層雪，孟宗在竹林裏找來找去，那裏有筍的影子。天氣更大，那裏有筍回家。孟宗走到家門口，大門關得緊緊的，只好回竹林來了。

"怎麼，沒挖到筍子嗎？"後母很生氣。

孟宗小聲說："竹筍是春天才有的，現在冬天，雪地裏沒有竹筍。"後母當時怒眉瞪眼地罵："好啊！找不到竹筍，你也休想回家！"

孟宗只好忍著，再到竹林裏挖。挖遍了，眼淚忍不住流下來。他又冷又餓，終於支持不住，暈倒在地。

"怎麼辦呢？"孟宗絕望地流著眼淚哭個不停。

孟宗靠著竹子哭個不停。他又冷又餓，終於支持不住，暈倒在地。不知過了多久，孟宗才醒轉過來。他睜開眼睛一看，奇怪呀！腳下雪地上，竟冒起一個一個的嫩綠的竹筍來。

"呃？"孟宗高興的極了。連忙把嫩竹筍挖了起來，立刻跑回家去。

後母見孟宗真的挖了一籃竹筍回來，也驚喜交集，從此以後，心裏非常慚愧，再不虐待孟宗了，而且把他當自己的親生兒子一樣了。

各地的竹子也生出來，再從這白茫茫的雪地，知道望了別人稱讚...

後來，據說孟宗的至孝感動了天，才有冬筍長出來的。

《兒童樂園》第 381 期頁 24-25。張浚華根據第 215 期的故事改寫文字，並請畫家重新編繪成連圖。

《兒童樂園》第 452 期頁 20。《兒童樂園》第一個「漫化」的民間故事。「漫化」也就是「卡通化」，透過改變人物比例，讓圖畫失「真」，從而顯得更靈活可愛。

《中國民間故事》第一集封面。半月刊社於上世紀70 年代中期，精選《兒童樂園》中的歷史故事、民間故事、民間傳說的連圖故事，重新編輯而成一套三冊的《中國民間故事》。全書共計四十個故事，按出現的先後次序排列，最後一個故事《一粒核桃》出自《兒童樂園》第 524 期 (1975 年 4 月 1日出版)，因此，《中國民間故事》不會早於 1975年之前出版。

《兒童樂園》第 687 期頁 15。李子長碰見神仙一目五先生，獲傳兩項神通。

長篇民間故事「畫俠李子長」

在完成「西遊記故事新編後」，羅冠樵放棄了名著，而選擇了改編民間故事。民間故事來自傳說，不同地方往往有不同版本，改編的人可以有更大的創作空間與改編空間。

「畫俠李子長」從第 682 期（1981 年 6 月 1 日）開始連載，一直到第 825 期（1987 年 6 月 1 日）結束，前後畫了整整六年時間。羅冠樵 1983 年離開《兒童樂園》後，與自己親手創辦的兒童刊物的聯繫，就只剩「畫俠李子長」了（以下簡稱「畫俠」）。

「畫俠」屬於「俠客成長」類型故事，這類故事通常由主人翁小時候開始說起，寫他經過多次歷練，受過不同打擊，從打擊中成長，而最終有一定成就。「畫俠」故事主角李子長甫一開始也是小孩了，雖然故事結束時並沒有長大很多，但最後一集寫他歸隱西樵山，完成了他在江湖的所有經歷，所以也屬於「俠客成長」類別。整個故事可以分為三大階段：

第一階段「初生之犢」：這段經歷又分為兩部分，第一部分從第 682 期到第 685 期，重點描繪李子長年紀雖小，但繪畫天分極高，畫技一流。但光有畫技，並不足夠闖蕩江湖，還要有其他能力。第二部分從第 687 期到第 707 期，寫李子長在母親過世後到省城找教他畫畫的老師，途中遇見了化為人形的神仙一目五先生，並得到對方賜予仙丹與咒語，前者可以讓他畫出來的東西變活，後者是隱身術。憑這兩種神

240

通，李子長在稍後的日子有了第一階段的歷練：從拐子手上救出被拐的小妹妹；協助梁天來躲過仇家，從而安全到北京告狀；途中結識了好友鐵頭，在破廟看到蜈蚣與蜘蛛對決，兩隻毒物都比人還要大。李子長救了蜈蚣，後來在客棧裏被人頭蛇追殺，幸好大蜈蚣來報恩，救他一命。

第二階段「刺殺雍正」：這段又分為三部分。第一部分從第 708 期到第 720 期，子長因老師被害下了冤獄，想要救老師，在路上結識了俠女呂四娘，但因爭執被官府追捕，子長邊救老師邊協助四娘逃避官兵，老師最後因病失救。四娘表明要刺殺雍正，子長已無親無故，遂與四娘上京。途中因遇上狐妖，四娘被害，幸得子長請來一目五先生相救，並獲指引前往拜師，提升實力，以剷除雍正。第二部分從 721 期到 749 期，子長等在山上跟從蚪髯公學習飛劍之術，能殺人於十里之外，功成之後下山往京城刺殺雍正。途中又是一番經歷：先是用飛劍擊碎血滴子，救了年羹堯的後人年成；又在山野碰見殭屍、遇上山賊（後來才知道是年羹堯舊部），經過邯鄲縣時懲處惡吏，又在河上救走被官府追殺的簡叔叔。到了楊柳青鎮，因子長與人鬥畫而被官府發現行蹤，幸得神筆馬良相救。二人上京後刺殺雍正，因不敵雍正身旁護法番僧而失敗，蚪髯公突然出現救二人出險境。再次刺殺雍正時，遇上蚪髯公師弟與也是前來報仇的查嗣庭（因文字獄被殺）後人，眾人合力殺了昏君。第三部分是逃亡，從第 750 期到第 762 期。眾人弒君後逃亡，途中在山野遇見巨獸，雖殺掉巨獸解村民危難，但被官府認出，前來追殺。眾人再逃，又在古廟遇上山魈，擊退山魈後所有人隱居華山，而子長與鐵頭則回廣東。

第三階段「最後旅程」：從第 763 期到第 825 期。這段故事沒有重心，只是寫子長與鐵頭回廣東路上種種遭遇與經歷，他們碰見過乞兒幫、鬼屋、黑幫、攝青鬼、水怪，也鬥過狐妖，又與狐仙聯手懲罰奸官，到過洞庭湖的龍宮小住，破壞惡道用男嬰煉丹的陰謀等等。最後，官府追捕李子長，幸得一目五先生通知正在西樵山上修仙隱居的明朝李子長前來相救，明清兩代的李子長遂同在西樵山上歸隱。

「畫俠」是羅冠樵在《兒童樂園》的收官作品，與之前的創作故事相比，有以下三點不同：

第一、從畫面處理來說，「畫俠」可以說是羅冠樵最巔峰時期的作品，雖然畫面有時候處理得不夠精緻，圖格裏人物一多，部分面相模糊，但整體構圖、畫面布局、連圖分鏡，都相當成熟，安排得恰到好處。

第二、從題材內容來說，「畫俠」比之前的作品史大膽，妖魔鬼怪、殭屍異獸、貪嗔愛痴、尋仇追殺、埋屍毆鬥，每期故事密集式出現。

第三、從敍述故事來說，「畫俠」的第一階段與第二階段相對緊湊，故事起承轉相當明顯，雖然多線重疊，仍能有條不紊，各節故事重點層層推進至高潮（殺掉雍正）。然而，第三階段經歷雖多，故事敍述方式卻如流水帳，各段情節之間沒有必然的先後次序，有時甚至有拖沓重複的感覺。李子長是明朝時人，以繪畫聞名。羅冠樵創造了清代的李子長，把許多民間傳說再創造（如「一目五先生」原來自浙中傳說，原指五鬼，羅冠樵改為神仙），然後交由子長演繹，雖然不乏題材，但終究欠缺嚴謹的故事結構，稍嫌美中不足。

241

跟着我們走到下一頁～
————————

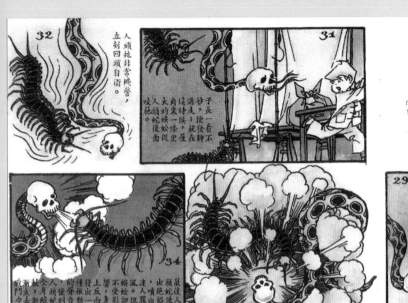

《兒童樂園》第 702 期頁 14-15。故事經常描寫到妖魔鬼怪，本期故事為蜈蚣報恩：李子長雖然已經隱身，但人頭蛇憑氣味找到子長，幸得大蜈蚣趕至，把人頭蛇咬死。

《兒童樂園》第 736 期頁 22-23。李子長畫功一流，在楊柳青鎮與人鬥畫。

快追快追！

《兒童樂園》第 747 期頁 14-15。呂四娘與李子長放飛劍擊碎血滴子，追殺雍正。

人物故事

《兒童樂園》有「偉人故事」「名人故事」「音樂家故事」「魔術家故事」「發明家故事」「偵探故事」，顧名思義，都是講述發生在特殊人物身上的故事，本書總其名為「人物故事」。六類故事中，偉人故事與名人故事佔大多數，其餘四類合起來不超過二十則，低於百分之十。

如果說《兒童樂園》中的「歷史故事」聚焦傳統文化，讓讀者認識中華民族的點點滴滴，從而產生歸屬感與自豪感，那「人物故事」的功能就在於讓讀者放眼天下，學會擴闊視野，以避免坐井觀天，因為，絕大部分的人物故事都是外國人的故事。比較有趣的是，在《兒童樂園》刊載的七十九個偉人故事中，只有四人來自中國（西晉荀灌、明朝王陽明與民國孫中山、胡適），大抵，中國文化重視謙虛，把自家古人視為「偉人」，總讓人覺得浮誇，在謙遜精神作用下，《兒童樂園》的編輯只把傳統歷史人物視作「名人」。

何謂「偉人」呢？觀乎《兒童樂園》刊載的故事，並沒有一定標準，可以是：

1　有重大發明，影響後世深遠的發明家。如發明電話的英國人貝爾（第 75 期）、發明輪船的美國人福爾敦（第 44 期）、發明無線電的意大利人馬可尼（第 101 期）。

2　心懷大愛造福世人的人物。如不堪同胞受歧視、壓迫，讓印度恢復獨立的甘地（第 46 期）、在戰地救護傷兵的護士之母南丁格爾（第 77 期）、在非洲開設醫院救治土人的德國人史維澤（第 308 期）。

3　在同儕中擁有非凡成就，廣為世人認識的

藝術家。如音樂家莫扎特（第 27 期）、貝多芬（第 30 期）、意大利畫家提香（第 107 期）、雕刻家與畫家米開蘭基羅（第 120 期）、日本畫家雪舟（第 174 期）。

4　不因身體有缺陷而放棄，還努力克服障礙創出成就的人物。如雙目失明但憑毅力苦學當上大學副教授，繼而成為國會議員，擔任英國郵電大臣的亨利福斯特（第 19 期）、盲聾女作家海倫凱勒（第 80 期）、因為跛腿而兩度被海軍拒諸門外但最終成為海軍少將的美國人拜德（第 199 期）。

不過，與其他欄目一樣，《兒童樂園》在區分「偉人」與「名人」上也不是十分嚴格，一般來說，頭兩百期的人物故事，多為偉人故事，讀者如果在第 201 期或以後才開始看《兒童樂園》的，看到名人故事的機會較多。一些在早期《兒童樂園》中出現的偉人（如童話家安徒生、日本畫家雪舟、寓言作家伊索、漫畫家和路迪士尼），又或是在歷史故事中出現過的中國人物（如荀灌、胡適、許由、陸績、管仲、西門豹），也都會在「名人故事」中粉墨登場。

早期的「偉人故事」，幾乎都是由「西蒙」撰寫。第 199 期以後，作者變多了，除了西蒙，還有魯平、田真、雲霓、文英、秀姨（張浚華）。至於「名人故事」，早期作者多為西蒙與雲霓，後來作者也變「多」了，秀姨、碧城、玉瓊、青山等，都寫過名人故事。

人物故事以人物為主而不是以事件為主，作者在選取情節時，並非考慮人物的「成名因素」，而是從事件本身的情節是否好看、有沒有吸引力或有沒有意義來考量。例如第 59 期〈遵守時間的康德先生〉。伊曼紐爾·康德（Immanuel Kant）是德國學者，在哲學上的成就享譽同儕，但《兒童樂園》講述的，並非康德如何成為哲學家或在哲學上有何成就，反而記錄了康

發明輪船的 福爾敦 · 西蒙

（美國人，一七六五～一八一五。）

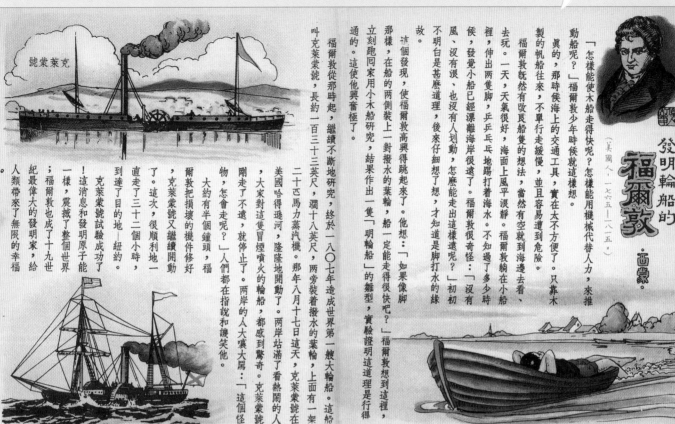

號蒙萊克

「怎樣能使木船走得快呢？怎樣能用機械代替人力，來推動船呢？」福爾敦少年時候就這樣想。

真的，那時候海上的交通工具，實在太不方便了。只靠木製的帆船往來，不單行走緩慢，並且容易遭到危險。

福爾敦既然有改良船隻的想法，當然有空就到海邊去看、去玩。一天，天氣很好，海面上風平浪靜。福爾敦蹲在小船裡，伸出兩隻腳，乒乒乓乓地踢打着海水。不知過了多少時候，發覺小船已經漂離海岸很遠了。福爾敦很奇怪：「沒有風、沒有浪、也沒有人划動，怎麼能走出這樣遠呢？」初初不明白是甚麼道理，後來仔細地想了想，才知道是腳打水的緣故。

這個發現，使福爾敦高興得跳起來了。他想：「如果像腳那樣，在船的兩側裝上一對撥水的葉輪，船一定能走得很快吧？」福爾敦想到這裡，立刻跑回家用小木船研究，結果作出一隻「明輪船」的雛型，實驗證明這道理是行得通的。這使他更興奮極了。

福爾敦從那時起，繼續不斷地研究，終於一八〇七年造成世界第一艘大輪船。這船叫克萊蒙號，長約一百三十三英尺，濶十八英尺，兩旁裝着撥水的葉輪，上面有一架二十匹馬力蒸汽機。那年八月十七日這天，克萊蒙號在美國哈得遜河，隆隆地開動了。大家對這隻冒煙噴火的輪船，都感到驚奇。兩岸站滿了看熱鬧的人，大家對這隻冒煙噴火的輪船，都感到驚奇。克萊蒙號剛走了不遠，就停止了。兩岸的人大嘆大罵：「這個怪物，怎會走呢？」人們都在指說和譏笑他。

大約有半個鐘頭，福爾敦把損壞的機件修好，克萊蒙號又繼續開動了。這次，很順利地一直走了三十二個小時，到達了目的地—紐約。這消息和發明原子能一樣，震撼了整個世界；福爾敦也成了十九世紀最偉大的發明家，給人類帶來了無限的幸福。

偉大的甘地 · 西蒙

海邊上，蹲着三個小孩，他們很興奮地，正忙着釣魚絲。

「莫漢達！」忽然有人在後面喊。

孩子們一齊轉過頭，見一位老先生在他們身旁。

「莫漢達！爸爸早就告訴過你，不能和他們在一起玩！」

「爸爸！他們和我的孩子玩呀！一會，我們釣的低大魚送給你。」莫漢達很天真地轉過身，才知道爸爸討厭他的小朋友。

「別和巴利亞人玩呀！他們是最下賤的孩子呀！」老先生臉色顯得更嚴肅。

「不！爸爸，他們都是很乖，很好的小朋友。」

「廢話！你已經十歲了，以後絕不能和他們在一起玩！」

莫漢達還想分辯，但傍邊那位孩子馬上站起來說：

「莫漢達！對不起，我以後再不想和你玩啦！真對不起！」小孩說完，連頭都不回，就跑開了。

莫漢達望望小朋友的背影，很難過地離開了沙灘。

「媽媽！巴利亞人的孩子，也是好孩子啊！為甚麼不能和他們玩呢？」莫漢達問到家裏問媽媽。

「我們印度重視人的身份，最高的是王族和教徒；其次是武士。第三層是商人和農民，最下層的是奴隸，但巴利亞人比奴隸還卑賤。」媽媽很同情的樣子，繼續說：

「莫漢達！媽媽也不知道為甚麼？反正從古時候就這樣傳下來的。」

「也沒做壞事，怎能說人家下賤呢？」莫漢達眼睜睜裏含着淚，自言自語地走進房裏。

甘地·莫漢達，小時候就這樣善良。後來，他到英國留學，畢業後，問專當律師。

一次，他有事要到非洲去。

「喂！你這印度人，不能坐火車。」

「我有車票呀！先生！」

「甚麼車票！先生！」車長很不客氣：「給我滾下去！」

「也沒辦法，只好到車下。甘地沒有車，只好坐馬車去。」

在非洲，他看見各國人對印度人的殘酷待遇。心想：

「印度人並不是壞人，和白種人一樣，也是人呀！」甘地心中憤憤不平，決心要剷除人類的歧視，努力使人類走向平等。

一九四七年，這願望實現了。長期間被歧視，被壓迫的印度，終於由甘地的努力，恢復了獨立，和世界各國平等地站在一起。

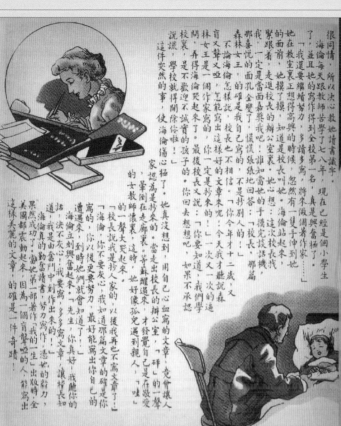

偉人 女作家海倫凱勒

偉人 米開蘭基羅

故事 火柴和寶石

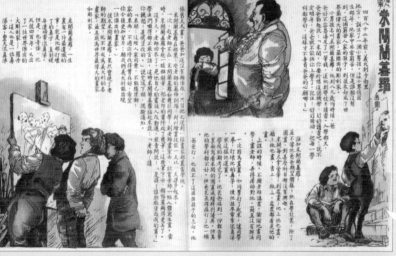

《兒童樂園》第 80 期頁 8-9。四大類型的「偉人故事」：發明、大愛、藝術、殘障。

《兒童樂園》第 120 期頁 2-3。

《兒童樂園》第 108 期頁 24-25。除了名人故事、偉人故事外，還有其他人物故事，如魔術家故事、偵探故事、藝術家故事等。

魔術家故事

啊！幽靈

夢羽

《兒童樂園》第 181 期頁 20-21。

前吉尼後來成了美國出名的大魔術師。他是在三十多年前才去世的。

《兒童樂園》第 223 期頁 6-7。

音樂家故事

借人手指的音樂家

迎音

深夜，大廈裏靜悄悄的，誰也沒有注意到舒曼做了一個小小的動作……

遵守時間的康德先生

西蒙

《兒童樂園》第 59 期頁 16-17。以描述對象生平中有趣又或值得記錄的事情為故事主題。

《偉人傳記叢書》第二種《孫中山》封面。

《偉人傳記叢書》第一種《富蘭克林》封面。

《偉人傳記叢書》第三種《南丁格爾》封面。

德一次錯誤而引起的有趣事件。由於康德非常準時，城內人都以他的時間為標準，有一次，康德因為看書耽誤了時間，晚了出門散步，城裏的人看到康德散步，都以為自己的時間錯了。鐘錶店的老闆也以為自己店裏的鐘錶都不準時，最後康德承認是自己晚了，老闆才鬆一口氣。這個故事的意義不在於勸說小朋友要學會準時，而只是點出有趣的現象：準時的人因偶爾不準時導致人們固有認知出現矛盾。

《兒童樂園》挑選的偉人、名人，來自不同界別與階層，計有智者、生物學家、文學家、發明家、漫畫家、國父、開國皇帝、國家元首、汽車人王、律師、政治家、音樂家、畫家、雕刻家、旅行家、將軍、教育家、官員、劇作家、數學家、樂評人、貴族、諾貝爾獎得主、鋼鐵大王、醫生、佛陀、護士、魔術師。如此廣大的範圍，確實能夠達到「放眼天下，開拓視野」的目的，讓小朋友從小就明白到：無論是哪一個界別、行業，只要能夠用心，總會讓人尊敬與紀念。

1962 年，半月刊社出版《偉人傳記叢書》。在第一種《富蘭克林》書末曾預告：

本刊新增世界偉人傳記多種，現正著手排字，編印，目前已出版的有富蘭克林傳，預計陸續出版者有下列各種：孫中山、愛因斯坦、牛頓、甘地、居禮夫人、林肯、華盛頓、南丁格爾、貝多芬、達文西、愛迪生、達爾文（作者案：原文沒有頓號）

不過，這套叢書最後只出版了三本：富蘭克林、孫中山、南丁格爾，第四種為《居禮夫人》，最終有沒有出版，仍然是個謎。

兒童文藝與生活故事

《兒童樂園》初期（240 期以前）的故事，字多圖少（每篇約一千字，配三張插圖），「兒童文藝」也就是兒童小說故事，至於「生活故事」，要到第 230 期才開始出現，無論是內容、主題與表達手法，都與「兒童文藝」無異。後來由於《兒童樂園》改變說故事方式，從第 310 期開始，「生活故事」改用連圖表達，而「兒童文藝」也就慢慢淡出。

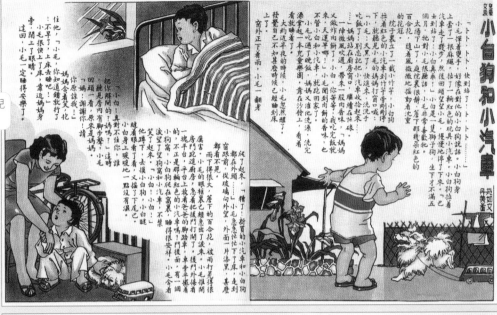

《兒童樂園》第 133 期頁 18-19 兒童文藝〈小白狗和小汽車〉。

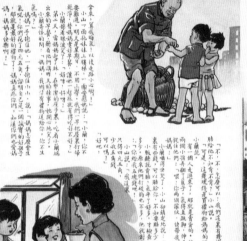

《兒童樂園》第 272 期頁 10-11 兒童文藝〈母親節的禮物〉，這是張浚華轉任《兒童樂園》執行編輯後第一次以筆名「秀姨」撰寫兒童文藝故事。

《兒童樂園》第 395 期頁 10-11 兒童文藝〈我愛爸爸〉。第 344 期後，「兒童文藝」曾嘗試以連圖來表達，但由於與「生活故事」太過相近，故逐漸淡出。

連圖時期的「生活故事」，通常由張浚華寫，繪圖的是潘偉。張浚華說：

> （潘偉）沉默寡言，非常聰明，天份又高，沒有學過畫畫，但畫的人物生動趣致。我寫「生活故事」，請他幫我畫連圖插畫，竟能傳情達意，除了有心鋪排的一點教育意義外，還流露淡淡的趣味。[10]

「生活故事」與「兒童文藝」故事的主人翁通常都是小朋友，場景圍繞在「學校」與「家庭」及周邊環境（如鄰居、親友家），舉凡家人相處、個人學習、同學關係，都是兩者常用的題材。與歷史故事、人物故事不同的是：大部分生活故事、兒童文藝雖然都是短篇故事，卻有明顯的故事結構，起承轉合分明，這又與兩者所肩負的「教育功能」，也就是作者想要透過故事傳達何種訊息有莫大關係。

所謂「起承轉合」，這裏專指故事的發展與推進方式：

起 故事開始之初，主人翁（小朋友）碰到特別的事情；

承 主人翁針對事情給出反應，或做出回應行為，但這些反應、行為又往往來自錯誤的觀念、看法；

轉 由於反應不當，主人翁遭受打擊、挫折；

合 小朋友最後或被告誡，或從錯誤中醒覺，或經過自我反省而承認錯誤，承諾改正。

就以第 340 期生活故事〈唏，真丟人！〉為例，故事是這樣的：下課時下起雨來，有一個身穿舊衣服的婦人帶雨傘去學校給自強（起）；婦人原來是自強的媽媽，但自強嫌媽媽穿得不夠體面，跟同學說那是家裏的傭人，並且趕緊離開，怕同學識穿真相（承）；自強冒雨急步前行，終於跌倒，被同學嘲笑（轉）；媽媽扶起自強離開，並告訴自強穿舊衣服並不丟人，自強最後向媽媽道歉（合）。

又如第 391 期生活故事〈兆康〉：兆康不懂得關心別人（起）；同學跌倒了，請他去拿藥水，他不拿，另一個同學玉宜弄掉了墨水筆，其他同學請兆康（因為兩人住得很近）去幫忙跟玉宜的媽媽解釋，兆康也不肯（承）；兆康匆匆忙忙離開，不慎被腳踏車撞倒，他以為同學不會理他，想忍痛爬起來（轉）；結果同學跑來扶他，玉宜甚至替他拿書包，他終於醒覺自己不對，主動表示要陪玉宜回家幫忙解釋（合）。

從以上兩個故事不難發現，生活故事（包括兒童文藝）有強烈的教育意義，作者透過一反一正的行為對比，期望讀者明白到正確價值觀念。所謂「錯誤的觀念與行為」，可以指：遇事只懂逃避（第 326 期〈家庭訪問〉）、不聽話（第 328 期〈聽話第一〉）、愛作弄人（第 343《搗蛋鬼》）、上課不專心（第 345 期〈小汽車不好〉）、遇事退縮，不肯嘗試（第 346 期〈沒辦法，想辦法〉）、貪婪（第 389 期〈是誰不好〉）……，而正確的行為與觀念，自然是遇事要勇於面對，懂得想辦法克服困難、上課專心、與同學相親相愛、不是自己的錢不要拿……

生活故事以當下的生活處境為題材，《兒童樂園》從 50 年代創刊，走過 60，70，80 年代，

10　盧瑋鑾、熊志琴：《香港文化眾聲道 2》，頁 202-203。

《兒童樂園》第 376 期頁 10-11 生活故事〈一把風扇〉。

幾十年後的今天重看故事,不難發現,故事中的生活仍然保留了一些早已消失的社會現象。如第 383 期〈寶貴的友誼〉,故事中的主人翁志偉(小學生)放學時跟同學握手道別,說爸爸失業了,他要出來找工作,不能再上學。這個故事今天絕不能發生,因為從 1971 年開始,香港實施六年免費教育,教育當局有權迫令家長送子女上學。第 383 期《兒童樂園》在 1968 年出版,當年尚未實施免費小學教育。

又如第 376 期〈一把風扇〉:天氣很熱,住在木屋區的小約看見廚房中的媽媽更熱,很不忍心,於是到雜貨店當幫工,外送衣服、火水、米,小約騎腳踏車送貨,在馬路上險象橫生,後來被撞倒,受了輕傷,被爸爸發現。小約是小學生,在那個時候,政府雖然已經立法,任何人不能聘用十二歲以下兒童,但執法不嚴。換在今天,小約是無論如何都不能出去找正式工作的(被壞人利用另當別論)。

「兒童文藝」與「生活故事」充滿溫情,態度正向,確能讓讀者在輕鬆(看漫畫)的情況下吸取正面的訊息。現在重讀,更能側面認識昔日的香港社會。

中國名著改編

《兒童樂園》每月出版兩期,每期有 36 頁,要在短短的十五天中,完成 36 多頁的故事編撰與繪畫工作,如果人手不足,實在是個沉重的負擔。特別是在題材上,《兒童樂園》多採用一期完的單元故事,編故事的人要重新找題材,而繪畫的人又要重新設計人物造型,負荷更大。羅冠樵的「小圓圓」雖然是處境故事,但仍需要每期找題材。要減輕負擔,引入古代名著是個相當不錯的方法。從第 411 期開始,羅冠樵已經把明朝陳仲琳的《封神演義》改編進「中國神話」,一直到第 494 期才結束,一

畫就是八十四期的內容，每期四頁，佔羅冠樵在《兒童樂園》中要負責篇幅的三分之一（羅冠樵每期要編繪 12 頁內容）。「中國神話」之後，又有「中國神仙」故事，雖然沒有明言來自何經何典，但也是取材自民間傳說。

到第 524 期，又有新嘗試：中國古典名著改編。

水滸傳

在結束「中國神仙故事改編」後，羅冠樵開了新的欄目，名為「中國古典名著改編」，而第一本選擇的名著便是《水滸傳》。從第 524 期開始連載，到 575 期結束，兩年多的時間共寫了五十二期逾 220 頁的故事（通常一期 4 頁，偶爾會一期 6 頁）。《水滸傳》是鴻篇鉅製，梁山泊一百零八個好漢的故事個個精彩，羅冠樵改編後，只有二百多頁的篇幅，自然不能涵蓋整個故事。

故事以九紋龍史進出場開始，而以宋江、魯智深分道揚鑣結束，只佔原著一小部分。不過，《水滸傳》中一些較有名的角色都已經出現在故事中：史進、魯智深、林沖、楊志、宋江、晁蓋、武松、孫二娘、高俅、鄭屠、蔣門神、潘金蓮、閻婆惜，但梁山泊第二號人物盧俊義、第三號人物吳用、呼延灼、張順、時遷、郭盛等，都不曾提及。情節方面，羅冠樵也選擇了改編較有名的場面：誤入白虎堂、倒拔垂楊柳、火燒草料場、景陽崗打虎，原著故事結束時朝廷招安，以及招安後各人的慘況，則完全沒有提及。整個改編故事只以魯智深與武松為主線，集中刻畫兩人，其他人物、故事情節的鋪墊與發展，都圍繞着魯、武二人。

《兒童樂園》是兒童刊物，《水滸傳》許多情節其實都「兒童不宜」，羅冠樵改編時，遇到這些二級以上的情節，或完全不提，或只能輕輕帶過。像潘金蓮一段，原著故事中，潘金蓮曾勾引武松，又與西門慶通姦。這兩段情節根本不能出現在《兒童樂園》中，羅冠樵刪掉了勾引武松一段，西門慶一段卻不能刪。如果刪了，武松就沒有殺西門慶的理由，也就沒有了以後充軍孟州的事。羅冠樵也確實寫了〈武大捉姦〉這段情節（第 559 期），不過，全文只有三個詞語比較相關：幽會、勾搭、狗男女，

《兒童樂園》第 537 期頁 14。介紹八十萬禁軍教頭林沖。

《兒童樂園》第 556 期頁 14。武松於景陽崗打虎。

幽……幽會？

《兒童樂園》第 559 期頁 12-13。羅冠樵以巧妙筆法編繪西門慶與潘金蓮通姦。

羅冠樵《水滸傳》單行本封面。

《水滸傳》打鬥場面組合圖。無論是持兵器對打、赤手空拳、單打獨鬥、群毆、馬戰，羅冠樵都能發揮得淋漓盡致。

左圖為《兒童樂園》中的《水滸傳》（第588期頁10)，右圖取自《水滸傳》單行本第五冊頁26。

其餘的描述，都與一般爭執無異。至於畫面，上一格寫潘金蓮被灌醉，趴在桌上，下一格大家已經穿好衣服，王婆也往房中勸潘金蓮不要哭。〈武大捉姦〉整章，四頁合共二十五個圖格，沒有一格只有西門慶與潘金蓮兩人（倒是有兩個圖格寫王婆與西門慶在說悄悄話）。羅冠樵改編這段情節手法相當高明，小朋友雖然接觸到「勾搭」「幽會」與「狗男女」，卻只會以為是兩人不應該做朋友，而不會對男女之事產生疑問。

羅冠樵只挑選了《水滸傳》部分經典情節，讓小朋友早點接觸古典名著，從而對中國傳統文化累積了點滴印象。

1976年，半月刊社結集《水滸傳》連載故事，出版單行本。全套七冊，共分兩次推出，第一次在1月，出版第一至第三冊，第二次在9月，出版第四至第七冊。這次出版，半月刊社做了新嘗試：把原來的右翻書（由左邊翻頁至右邊）改為左翻書（由右邊翻頁至左邊）。翻頁模式改變，代表圖格閱讀流向也要隨之更改。《兒童樂園》原是右翻書，圖格閱讀順序為由右至左，文字採豎排；改為左翻後，圖格便要從左至右排列，文字則用橫排。然而，半月刊社製作《水滸傳》單行本時，並沒有重排圖格，而是用鏡射方式複製原稿，再貼上橫排文字。這方法雖然簡單，但圖中所有人的位置與動作都全部改了方向，右手變成左手，左手變成右手。

西遊記

《水滸傳》在 575 期結束，羅冠樵選了《西遊記》接替，而推出「西遊記故事新編」；從第 576 期開始，到第 679 期完結，共寫了整整四年；又由於從第 615 期開始，由原來的四頁增至六頁，所以故事篇幅總頁數比《水滸傳故事新編》多出一點二五倍。

可用來詮釋原著故事的篇幅多了，內容自然更豐富。原著中，唐僧往西方雷音寺取經，須歷九九八十一難。羅冠樵筆下的《西遊記故事新編》盡量保留原著故事結構，八十一難中共畫出其中六十三難。首四難「金蟬遭貶」「出胎幾殺」「滿月拋江」「尋親報冤」，都是唐三藏出世前後的經歷，與取西經無直接關係，因而省略。另外十四難雖然是取西經途中發生的事，或因內容不完全適合兒童，又或是與他「難」重複、欠缺特別的情節橋段，因而遭省去。「難」雖刪掉，故事推進仍然暢順。羅冠樵也盡量保留原著故事發展經過，只有一個地方稍稍調動了唐僧師徒歷劫的先後次序：第六十五、六十六兩難「比丘救子」「辨認真邪」，原著中是在孫悟空遇見無底洞白毛老鼠精（屬第六十七至六十九難）之前，但在《西遊記故事新編》中，羅冠樵調動了兩者的先後次序，至於為何要改動，就不得而知了。

「西遊記故事新編」於 1981 年完結，三十年後，三聯書店結集這個故事，出版一套三冊的單行本，故事因此重見天日，既讓當年的讀者勾起回憶，也讓新讀者認識。

在單行本的序言〈再看羅冠樵〉中，張浚華從意願、態度、能力、技術四個角度，指出《西遊記故事新編》為羅冠樵的「巔峰之作」：

　　一、羅冠樵有承傳中國文化之心。
　　二、英雄用武有地。他學西畫，兼學國畫、山水、人物、鳥獸蟲魚，畫這個故事背景及人物時全派上用場，非常洒家。他投入、盡興、全力以赴，把才華發揮得淋漓盡致。三、功力上乘。創作這個故事時維一九七七年，他已經累積了二十多年的經驗，畫插圖及連環畫已臻化境。四、他漫化圖畫已增加了動感，角色更畫成小孩子模樣，小孩是人類最可愛的動物，所以整個故事非常活潑吸引。

所謂「漫化」，可以從人物（包括神祇、妖精）造型與詮釋手法來說。人物方面，不再用寫實風格，而加入「可愛」元素，人物面相胖嘟嘟的，身材比例為三等身，頭大而手腳短，活像嬰兒。詮釋手法上，加入現代元素，特別是眾仙的神通，都與科技扯上關係：千里眼用衛星電視、順風耳用無線電追蹤悟空蹤影；王靈官奉上常旨意到花果山時，竟然出示證件，表示來查案，又用手扣捉拿花果山群猴；雷公使用電鑽鑽孔；取完西經後，悟空返回花果山，發現群猴竟然穿工人褲，使用儀器探採石油⋯⋯

處理畫面方面，「西遊記故事新編」又比「中國神話」更勝一籌。畫靜態如崇山秀水，充滿國畫意境，寫滿天神佛列陣，人人神態造型俱異，畫動態如騰雲駕霧，徐疾有致，寫悟空大鬧天宮，畫面豐富。光看畫功，已值回票價。

1989 年時，羅冠樵已經離開《兒童樂園》，張浚華請羅的徒弟李成法改編與摹畫「西遊記故事新編」而成「西遊記新編」。李成法的「西遊記新編」構圖仿照乃師「西遊記故事新編」，人物形象只得其形而未得其神，雖然不夠可愛，也不夠精緻，但畫面經過重構配置後，則又另有童書簡單直接的效果。

李成法的「西遊記新編」從第 873 期開始連載，一直到第 1006 期，故事亦隨《兒童樂園》終結而腰斬。

繼續跟着我們走～

《兒童樂園》第576期頁14。「西遊記故事新編」第一回。

「西遊記故事新編」組合圖，羅冠樵於古代神話中加入現代元素：電鑽、工人褲、探採石油儀器、寫字樓、雷達、維他命、英文、衛星電視、無線電、證件等。

《兒童樂園》第643期頁12-13。羅冠樵繪畫西天雷音寺滿天神佛場面。

如來笑一笑，拍照更好看～

兩代「西遊記故事」對照圖,《兒童樂園》第599期頁14(上)與第895期頁12(下)。李成法重繪羅冠樵的西遊記,雖得其形而未得其神。

兩代「西遊記故事」對照圖，《兒童樂園》第 590 期頁 13 (右) 與第 885 期頁 14 (左)。

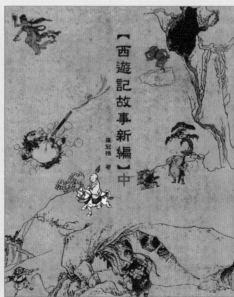

三聯書店《西遊記故事新編》封面。

我們到底要走去哪呢？

《兒童樂園》第 680 期頁 12-13，「聊齋故事新編」首回故事〈百花宮主〉。

聊齋故事新編

西遊記故事之後，羅冠樵尚想再接再勵，四度改編中國名著，這次選了《聊齋》，畫風上承西遊記故事新編，走漫化可愛路線。不過，只畫了兩期：第 680 期〈百花宮主〉與第 681 期〈智滅狐妖〉（皆是一期完故事），便無以為繼。「聊齋故事新編」為羅冠樵長達十一年的名著改編工作畫上了句號。

知識與常識

在《兒童樂園》創刊號版權頁裏，有一封信是「給小讀者」的：

> 你願意在家做一個好孩子嗎？你願意在學校裏做一個好學生嗎？你願意在國家裏做一個好公民嗎？這三個問題，我相信你一定會立刻回答：「我願意！」現在讓我們再問你：「你願意在你自修的時候看兒童樂園嗎？」或許你也會回答說：「我願意！」如果是這樣，好極了！親愛的小朋友，這本書就能幫助你做一個好孩子，好學生，好公民呢！

到底要具備甚麼條件，才能成為好孩子、好學生、好公民呢？編者沒有說清楚，大家（家長與小朋友）只能透過看《兒童樂園》慢慢摸索。到了第 12 期，讀者終於可以從封面上的兩句「口號」看到端倪：

> 培養兒童知識　指導兒童生活

由此可見，提供兒童合適的「知識」是《兒童樂園》一眾創辦人兩大任務之一。他們認為，只要有學識，小朋友就具備條件，成為好孩子、好學生、好公民。

事實上，只要稍稍翻閱早期的《兒童樂園》，便不難發現書中真的有很多知識。每期《兒童樂園》都有不同欄目，提供各式各樣但相對簡短的知識。有時一個欄目一頁，有時則為跨頁，每篇約三百字（跨頁內容字數更多），配上兩至三幅插圖，讓兒童在接觸文字之餘，又能透過圖片了解更多。

《兒童樂園》有「軟」和「硬」兩種知識，軟知識就是人物故事、歷史故事與世界巡禮，既可以放眼天下，又可以透過認識前人經驗，提升自己識見，也可以成為生活的指導。硬知識就是介紹各種學科知識，特別是自然科學方面，每期至少會有兩至三種的動物知識、植物知識、昆蟲知識、天文地理、衛生保健，另外還有小實驗、小發明與數學運算的遊戲。

就以「動物知識」為例，《兒童樂園》創刊號到第 240 期（前十年）介紹動物的欄目有珍奇動物、動物世界、動物奇聞、動物奇談、動物研究、動物常識、動物飼養方法、動物漫畫、動物觀察、水產知識、魚貝知識，而最常用的欄目就是動物知識。欄目名稱雖然不同，內容都是同一個方向，就是介紹各式各樣常見與不常見的飛禽走獸魚貝水產昆蟲，另外，還會有不同的專題，如動物的壽命、各類動物有哪些小類別，如昆蟲、哺乳動物、爬蟲類動物、軟體動物、有甲類動物、有袋類動物可以再分為哪些小類，又會綜合比較各種動物的特性，如九類動物的自衛方法、人類如何利用不同的動物、動物有哪些類型的家等等。

在前十年二百四十期的《兒童樂園》中，曾刊載動物知識一百九十五次、植物知識七十次、常識八十九次，科學知識更多達二百五十七次。光是動植物、科學與常識四大類別，在前十年《兒童樂園》中，共計六百一十一次，平均每期二點五次。由此可見早期的《兒童樂園》是如何貫徹「培養兒童知識」的宗旨。

《兒童樂園》可以說是個知識寶庫，蘊藏多元而豐富的知識，然而，這些知識又是從何而來？一張當年攝自《兒童樂園》四美街編輯部的照片透露了玄機，相中有三個人，站中間的是張浚華，當時擔任執行編輯。這張照片的左邊背景是兩個一直延伸至樓頂的大書櫃，書櫃上放滿了書，書脊上分別印上「一年生」「二年生」「三年生」「四年生」「五年生」「六年生」幾個大字，少說也有兩百本。

張浚華憶述：「《兒童樂園》的第一任社長楊望江會日文，他從日本訂了雜誌回來，《兒童樂園》內的知識，大部分都是來自這些雜誌。」從相片來看，楊望江所訂的雜誌，就是日本小學館出版的「學習雜誌」，這種雜誌按小學生程度劃分，所以有「一年生」「二年生」之分。楊望江從「學習雜誌」中挑選合適的圖與文字，用中文翻譯或改寫，再請當時的畫家重新繪圖，就成了《兒童樂園》上至天文下至地理的知識了。

感覺很有趣呢～

《兒童樂園》位於四美街的編輯部。左起：郭禮明、張浚華、潘偉。左邊的書櫃上，全是訂購自日本的小學生「學習雜誌」：《小學二年生》《小學三年生》《小學四年生》等。

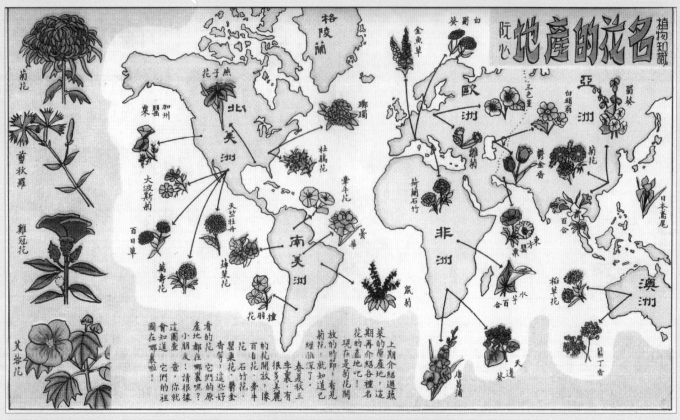

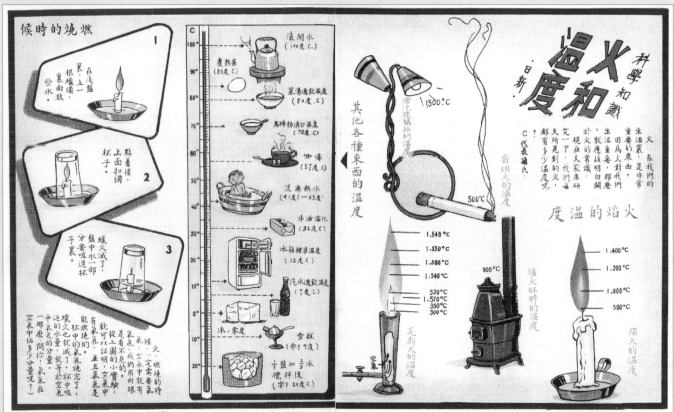

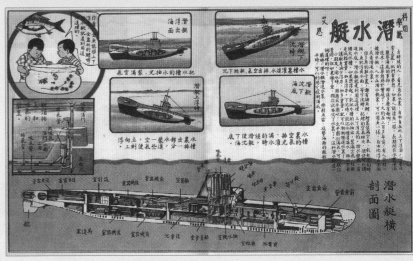

《兒童樂園》第 111 期頁 14-15。
認識個別科技產品。

《兒童樂園》第 92 期頁 8-9。
與不同動物有關的綜合知識。

《兒童樂園》第 157 期頁 14-15。認識個別植物。

《兒童樂園》第 128
期頁 14-15。科學基
本綜合知識。

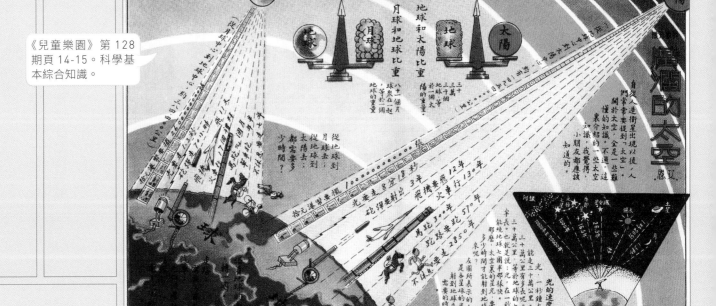

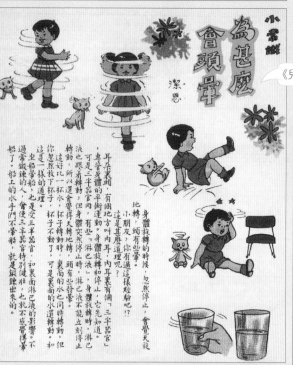

《兒童樂園》第 177 期頁 8。

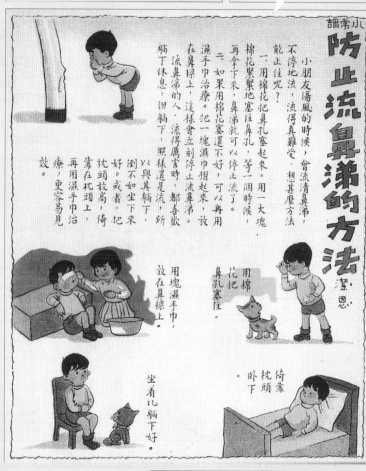

《兒童樂園》第 173 期頁 23。

《兒童樂園》第 174 期頁 9。

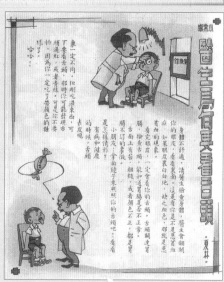

《兒童樂園》第 71 期頁 19。認識個別種類的動物。

《兒童樂園》第 79 期頁 13。動物知識。認識個別種類的動物。

《兒童樂園》第 202 期頁 23。小常識：解答生活上經常碰到的情況。

童話與動物故事

童話、動物故事與歷史故事、人物故事是迥然不同的兩個類別，前者吸引人的是童趣，是故事中的想像世界，而後者要告訴小朋友的是前人如何經歷事情，提供參考。

《兒童樂園》早期的童話除了來自名家如格林童話、安徒生童話外，還有來自世界各地的童話傳說。

至於動物故事，則有兩類，第一類是發生在動物身上的故事，如第 140 期的〈原野上的友情〉，寫非洲探險家華爾德在原野上看到受傷、餓壞的母獅守護三隻小獅子，不但不忍射殺，還餵食鹿肉和清水，每天都給獅子食物和清水，直到獅子傷癒。獅子對他也相當溫順，到華爾德要離開時，獅子「黯然地看着華爾德

上了車，開動，離開……」整個故事主要描寫人與動物如何互動相處，作者雖然以自己角度來看獅子反應，但畢竟沒有太多「想像」與童趣。

第二類故事的動物都經過擬人化，能言會說，有人的感情，這些動物可以生活在人的世界中，也可以生活在動物王國裏。在前十年的《兒童樂園》中，動物故事屬少數，只有三十一個，第一類十三個，第二類十八個。

隨着時間向前推移，《兒童樂園》的童話與動物故事有了很大的轉變。第一、跟其他故事一樣，童話與動物故事都由原來的文字為主插圖為輔的模式轉而朝向連圖發展。第二、童話故事方面，傳統的名篇童話退位，取而代之的是新興的繪本故事。第三、第一類寫實型的動物故事淡出，最後只剩第二類的動物故事。不過，童話與動物故事變得愈來愈像。張浚華憶

《兒童樂園》第 140 期 20-21 頁。早期的動物故事一：發生在動物身上的故事。

《兒童樂園》第 247 期頁 8-9。早期的動物故事二：擬人化的動物王國。

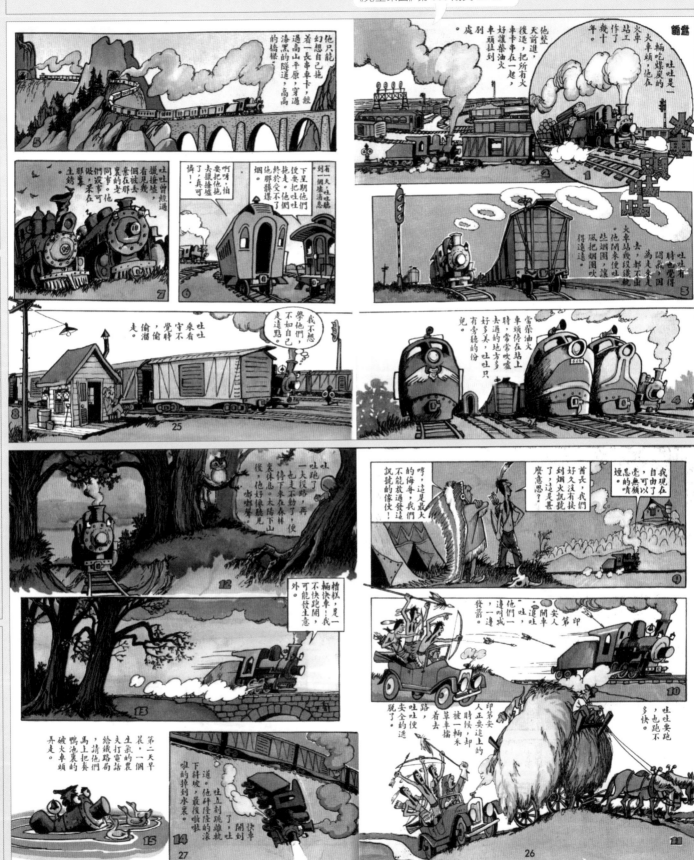

述:「其實是隨便分的,動物故事一定要有動物,沒有動物的只能叫童話。不過,如果那一期有兩個動物故事,其中一個就會叫童話。」

《兒童樂園》是半月刊,每年出版二十四本。假設每一期有一個動物故事與一個童話,一年就得有四十八個故事,而十年就需要四百八十個故事了。然而,半月刊社只有羅冠樵才能創作與編繪優秀的故事,那麼,這些年來一個又一個精彩絕倫的故事又是從何而來?張浚華說:

> 美國、英國、法國的兒童文學名著,精彩的可真不少呢!這些名作家,名插圖家花一兩年時間寫成的傑作,我希望《兒童樂園》的讀者看得到。
>
> 我把這些名著濃縮,改成連環圖,用 5 至 8 頁篇幅刊登在《兒童樂園》。我很佩服我們的畫家,把這些大大幅的圖畫,巧妙安排調配,而且留下適當的空白,讓我把文字嵌上去。這些名著在我們這本小書上出現,一點不失真。[11]

曾研究《兒童樂園》的霍玉英也撰文記錄這件事:

> 1964 年後,《兒童樂園》每期刊登一至兩本圖畫書,到了中後期,更增至兩至三本圖畫書。《兒童樂園》半月出版一次,張浚華必須每月選取並譯寫四至六本適切兒童閱讀口味的圖畫書,選書再而譯寫,工作是繁重的。[12]

由於要省錢,張浚華每兩個星期就會到圖書館找資料(有時是一次,有時要去兩次),經過一番篩選後,捧着一疊繪本回半月刊社。經過翻譯,並與畫家李成法商討如何重繪,把繪本

《兒童樂園》第 575 期頁 4-5。
童話〈無奇不有的世界紀錄〉。

11   張浚華:〈最後剩下一又四分三個畫家 —— 一份兒童刊物與一個時代〉,《明報》2007 年 4 月 11 日。
12   霍玉英:〈圖像重構 —— 香港《兒童樂園》圖畫書的轉化〉,方衛平編:《中國兒童文化(第七輯)》(杭州:浙江少年兒童出版社,2011 年),頁 142-143。

轉化為《兒童樂園》的童話與動物故事。

雖然不是原創，但重繪轉化也不是易事。西方繪本多為一頁一大圖，重繪後只能佔一小圖格。如何把大圖變小圖，就要考李成法「縮天地於一舟，納須彌於芥子」的能力了。而張浚華，在譯寫原著故事時，除了考慮文化差異外，還會盡量保留原著神韻。像美國兒童繪本作家 H. A. Rey 創作於 1942 年的 Elizabite，光

是書名就充滿喜感，由 Elizabeth 與 bite 嵌套而成。Elizabite 是書中主角的名字，那是一株肉食性植物。原作者幽默地把女性名字與動詞組合在一起，Elizabite 又與 Elizabeth 音近，卻多了一個咬噬的意思。這個故事名並不容易翻譯，2004 年台灣東方出版社為該書出版中文譯本，負責翻譯的李苑芳就直接把 Elizabite 譯做「咬人花」，意思雖然明顯，卻失卻了原文的深意。李苑芳更說：「譯『咬人花』雖不能

272

《兒童樂園》第 327 期 20-21 頁。動物故事〈食蟲草張口兒〉。

《兒童樂園》第 327 期頁 22-23。動物故事〈食蟲草張口兒〉。

她被送到動物園～

《兒童樂園》第 536 期 4-7 頁。童話〈食蟲草張口兒〉。

《兒童樂園》第 536 期頁 8。童話〈食蟲草張口兒〉。

兒孫滿堂～

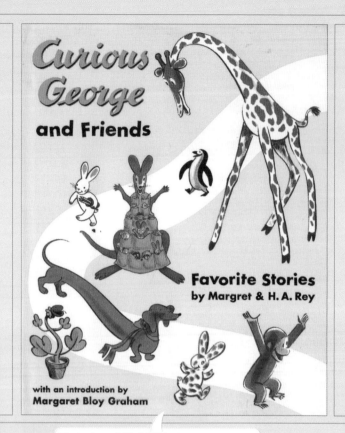

Elizabite: Adventures of a Carnivorous Plant 故事內文。

The plant, for once, behaves all right.
She gets a drink from Doctor White,

H. A. Rey 夫婦合著的 *Curious George and Friends* 封面，這書收錄了 H. A. Rey 創作於 1942 年的 Elizabite: Adventures of a Carnivorous Plant，也就是〈食蟲草張口兒〉的原創故事。

其中，咬人花最有名了，很多人都認識她。

文・圖／H.A.雷　翻譯／李苑芳

咬人花

李苑芳中文譯本《咬人花》封面。

夠完全貼近作者的幽默與巧思，但在中西語文的差異下，似乎也沒有其他更好的選擇了！」（該書導讀〈說個有趣的故事〉）不過，其實早在三十八年前（1966 年），張浚華已經把這個故事引入《兒童樂園》中，並把故事名譯為「食蟲草張口兒」。「張口兒」三字簡直是妙譯，「張」是姓氏，「口兒」是名字。中文常用「某兒」作為女性名字或小名。除此以外，「張」也可以是動作「張開、打開」的意思，張口兒也就是「打開嘴巴」。張浚華雖然沒有譯出「咬」這個意義，卻能讓中文名字產生與英文名字一樣的語帶雙關效果，保留了原來故事名稱的幽默原意，實在是對原著最大的敬意。

《兒童樂園》曾兩次刊載 Elizabite 的故事，一次在 1966 年的第 327 期，一次在 1975 年第 536 期。雖然前後相隔九年，讀者群已經改變，但半月刊社並沒有簡單地把第 327 期的內容「複製」到第 536 期，而是重新改編，重新繪畫。比較前後兩期的〈食蟲草張口兒〉，則不難看出張浚華與李成法處理這個故事的方法都完全不同。Elizabite 原書共有二十八張圖，第 327 期用四頁來表達故事，圖格較少，最後刪掉原著四張圖。第 536 期用五頁表達故事，篇幅較多，收錄了原書二十七張圖，只刪了最後一張。原著繪本一頁一圖，每張圖的大小都相同，第 327 期雖然完全採用這「大小相同」的表達方式，但由一頁一圖的繪本變為一頁六格的連圖後，則過於方正，讓人有死板的感覺，不太符合原書故事的幽默風格。第 536 期則完全不同：第一頁第一行，李成法把三張構圖比較簡單又相近的圖（每圖都只有一朵花）放在一起，三張圖佔兩格位置，第二行放兩張圖，第三行則把原來的一張方格圖擴充為扁長方形（之後兩頁都有這種情況）。如此一來，第一頁上中下三行，圖格都有了變化。變化讓人有活潑跳躍的感覺，比起死板來，更能與幽默契合。

文字方面，張浚華在 536 期的改寫，添加了不少旁白，更讓故事充滿歡樂。原著第十一張圖，寫博士向花澆水，文字是 She gets a drink from Doctor White，李宛芳《咬人花》的中文譯本是「博士澆花，她喝水。」《兒童樂園》第 327 期並沒有收錄這圖，而第 536 期，張浚華寫的旁白是「張口兒還算乖，所以白博士給她水喝。」「乖」與「給」的因果關係、「給」字取代了「澆」，都讓本來的「澆花」行為變得更有「人味」，又完全與後面一圖的旁白無縫銜接：And even, as a special treat, Frankfurters, for she's fond of meat. 第 327 期中最後一張圖，張浚華處理得非常草率，只寫了「她被送到動物園。」由於咬人，張口兒被送進動物園，就像人老了後被子女送進老人院，整個幽默故事就因為這張圖而顯得有點唏噓。幸好到了第 536 期，張浚華可以重寫故事的結局：「她被送到動物園，十分光采。直到現在，她已經兒孫滿堂哩！」張浚華把刪掉最後一頁的文字內容，也放了進來：At once the most outsanding sight. Surrounded by her children bright / She lived in happiness and glory / Up to the day⋯

幾十年後的今天，重看《兒童樂園》當年引入外國繪本故事，即使出版社礙於出版條件而不得不為，方法或具爭議；但編輯與畫家對原著的尊重，現在讀來，還是可以深深感受得到。

外國名著
與《兒童文藝叢書》

除了童話，半月刊社也會挑選合適的世界名著，經過翻譯、刪減、改寫，再配上插圖或連圖而變成符合小朋友閱讀的「名著故事」。《兒童樂園》刊載過的名著故事，有時候是一期完故事，有時候則會連載好幾期。由於是名著，

不同年代的小朋友都應該讀到，因此，同一個故事每隔若干年就會出現一次，而每次出現，又再重新編寫與繪畫。如大家都熟悉的《睡公主》，曾五次出現在《兒童樂園》，短篇故事有第 122 期（由麥雨改寫）、第 497 期（藍莎編寫），以及第 667 期與第 853 期（這兩期故事內容相若）。長篇的則有第 234 到第 240 期《睡公主》。

《兒童樂園》第 83 期頁 26-27。

《兒童樂園》第 671 期頁 29。

《兒童樂園》第 511 期頁 18-19。《兒童樂園》多次刊登《人魚公主》故事。

第 671 期的《賣火柴的女孩》脫胎自高橋真琴繪畫的《賣火柴的女孩》。

276

《兒童文藝叢書》第六十一種《白雪公主》封面。

《兒童樂園》第 58 頁 14。

《兒童文藝叢書》第十一種《湯姆歷險記》封面。

半月刊社十分重視外國名著，也努力向讀者譯介相關故事。在創刊後的第三年，半月刊社於《兒童樂園》之外，又推出另一套故事叢書：《兒童文藝叢書》。《兒童樂園》第 67 期「播音台」曾介紹這套叢書：「這一套叢書所取材的，全是世界文學名著。本社特請名家精心譯寫，並加精美插圖，供小學中年級以上的兒童閱讀。」

然而，收錄在叢書內的，也不盡是世界文學名著，如第十四種《周處除三害》只是傳說，第十五種《蟻國夢遊記》與第二十六種《龍王三公主》，原本都是單篇故事，而第四十種《火燄山》則節錄自《西遊記》再改寫而來，都不是原書。

《兒童文藝叢書》每冊超過四十頁，在小朋友眼中，已屬中篇故事，與《兒童樂園》一個故事只有四至五頁（約兩千字）不同。如此一來，小朋友低年級時先在《兒童樂園》認識有關名著，對名著故事有概括認識，升上高年級後可以選讀故事情節更豐富的《兒童文藝叢書》。

《兒童文藝叢書》第二十五種《紅色鵝腸花》封面。

《兒童樂園》第 85 期頁 25。

《兒童樂園》
第 94 頁 22。

《兒童文藝叢書》第十三種
《愛麗斯夢遊仙境》封面。

《兒童樂園》第 45 頁 27。《愛麗斯夢遊仙境》《湯姆歷險記》及《白雪公主》，在《兒童樂園》中曾有過短篇故事，半月刊社也曾出版故事較長的《兒童文藝叢書》。

《兒童文藝叢書》早期出版速度甚快，每兩月出版一本，後來停了下來，斷斷續續出版至第七十七種，最後一種《水孩子》於 1973 年出版。從 1955 年到 1973 年，叢書前後共經歷了十九年，與《兒童樂園》的「外國名著」分別為不同年齡層的兒童提供閱讀優質作品的機會。

■ 哈哈俱樂部與畫謎、遊戲與手工

任何看過《兒童樂園》的人，都不會忘記「畫謎」與「哈哈俱樂部」。

畫謎就是圖畫的謎題，最受歡迎的依次是數字連連看、找隱藏在圖中的東西，以及找不同。在那個沒有網絡沒有手機的年代，這些畫謎遊戲確實能夠讓小朋友在靜態地閱讀故事、接收訊息之餘，腦筋與手也活動起來。

「哈哈俱樂部」在第 306 期首次登場。名叫「哈哈」有兩個意思，第一是帶歡笑給小朋友，第二是俱樂部由虛擬主持「嘻嘻哈」負責（這個漫畫人物後來也消失了）。「哈哈俱樂部」成立的原意是「專門刊登有趣的笑話，漫畫和舉辦有獎遊戲」，後來慢慢演變到只剩下有獎遊戲。問答的內容其實也是畫謎，讀者把結果寄回半月刊社，答對的可以參加抽獎，得到玩具、顏色筆等獎品。凡試過寄回參加表格的讀者，都一定難忘對獎時那份心情，想要在為數不多的名字裏找到自己，又每每失望而回，只好看着獎品的圖望梅止渴。早期的《兒童樂園》從小學館「學習雜誌」引進「知識」之餘，還移植了一系列「活動」，包括手工、摺紙與遊戲，手工與摺紙可以訓練小朋友的製作能力與手指的靈活度，遊戲則必須幾個人一起玩，又可以培養小朋友與他人相處的技巧。

《兒童樂園》的哈哈俱樂部。

哈哈俱樂部

親愛的小朋友：

「哈哈俱樂部」今天開幕！

新張大吉，我們舉辦一個有獎猜圖遊戲，請小朋友踴躍參加，獎品豐富，獎額共有五十個，請看下面的參加辦法。

哈主持，隔月刊登一次，嘻嘻以後俱樂部由我，專門刊登有趣的笑話、漫畫和舉辦有獎遊戲，歡迎大家把自己的作品寄來！入選的都可得到一份禮物。

請小朋友們注意，圖畫不要畫在間條紙或者方格紙上。還有，姓名地址要另外寫清楚。最後祝各位快樂無窮！

猜字母有獎

歡迎參加

這裏有二十六個面譜，每一個面譜裏面，都隱藏着一個英文字母，請你猜猜哪個面譜藏的是哪個英文字母。請按着號碼，把正確的答案用紙寫好寄來！獎額有五十個，每個獎兒童餐券一張，憑券可到紅寶石餐廳吃精美大餐一客。紅寶石餐廳逢星期日中午都舉辦兒童樂園，有精采節目表演，有遊戲玩，憑券可獲免費招待。答中的假如超過五十個，我們請櫻姐姐抽獎。截止日期：十月十六日。

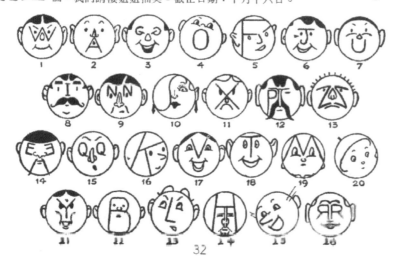

32

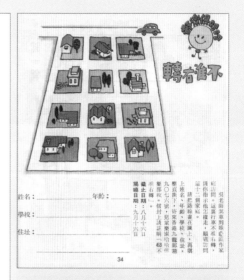

34

34

34

34

34

嗯～～～

考考你，我們四個，有何不同？

《兒童樂園》中的畫謎。

我猜不到！

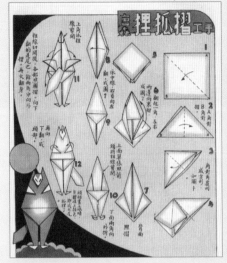

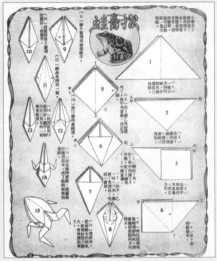
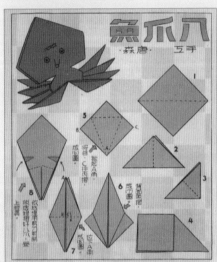

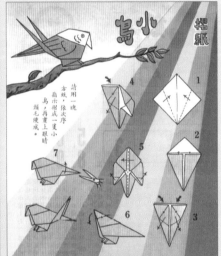

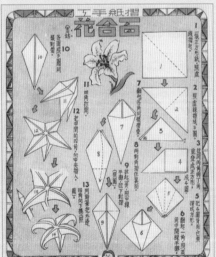
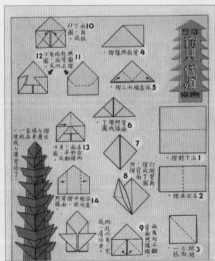

《兒童樂園》的摺紙遊戲。

別走，過來陪我摺紙吧～

《兒童樂園》的小手工。

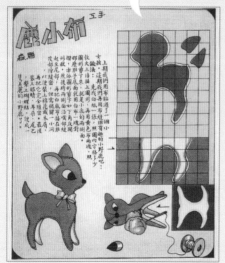

《兒童樂園》的群體遊戲。

叮噹與 IQ 蛋

張浚華有「叮噹之母」的美譽，那是因為在上世紀 70 年代初，她在小學館的雜誌中看到《叮噹》這個故事，覺得很吸引，就引進了《兒童樂園》，誰知道一石激起千重浪，《兒童樂園》與香港讀者，甚至「多啦 A 夢」都有了不一樣的命運。

對《兒童樂園》來說，銷量自此以後節節上升，第二任社長戚鈞傑當年交託的任務「增加收入」，張浚華十年後終於「完勝」。因着《叮噹》，《兒童樂園》有了非常風光的八年歲月。一直到現在，當人們提起《兒童樂園》時，也會自然聯想到《叮噹》。

對讀者來說，由於《叮噹》的出現，他們有了一個不一樣的童年。《叮噹》後來出版單行本，銷量高達六萬，這代表差不多每三個兒童就會擁有一本《叮噹》（部分《叮噹》是外銷的），加上同學之間互相借閱，《叮噹》之於一代兒童，可謂影響至鉅。時至今天，看過《叮噹》的讀者依然可以想起，當年上學遲到時、要交作業或測驗考試的前一個晚上，是如何期盼自己會有隨意門、時光機、默書麵包、時間停頓計。

對於「多啦 A 夢」來說，他有了一條特別的成名之路。張浚華為「多啦 A 夢」改了個中文名字「叮噹」，這個名字深入民心，甚至後來其他出版社取得香港版權出版單行本時，仍然沿用沒有版權時的中文名「叮噹」，一直到原作者去世後，才改用「多啦 A 夢」。不獨香港，即使是內地與台灣，最初引進這部漫畫時，也叫《叮噹》。

《兒童樂園》第 489 期頁 24-25。香港刊物上第一次出現「叮噹」。

《兒童樂園》第 680 期頁 28-29。《兒童樂園》最後一次刊載「叮噹」故事，篇名〈滋事八卦〉。在原著中，本篇故事女主角星野小姐是日本女星，經本地化後，不但把女主角的名字改為「鄧麗君」，畫家還特定參考了當時鄧麗君的造型，為女主角改頭換面，有了鄧麗君的模樣。

《兒童樂園》第 680 期頁 34。

《兒童樂園》是在第 489 期刊登「叮噹」，到第 680 期停止連載，前後八年時間，連載了一百九十二個故事。1976 年，出版單行本《叮噹》。單行本除了收錄部分曾在《兒童樂園》刊載的「叮噹」故事外，也有新故事。

《兒童樂園》停止連載「叮噹」後，讀者彷彿出現大黑洞，不能適應。由於未能於短時間內找到可媲美的替補故事，張浚華在無計可施下只好根據二次創作的「叮噹」進行三次創作，畫成「IQ 蛋」。「IQ 蛋」從第 683 期開始，一直連載至最後一期第 1006 期。除了人物特徵外，「IQ 蛋」的人物性格、故事結構、分鏡連圖都全部繼承自叮噹。在「IQ 蛋」連載初期，改編的畫家尚且能夠緊記人設的特徵，但到了最後一百期，隨着半月刊社人手愈來愈緊絀，重繪的畫家已經無暇理會人物面相特徵，以致愈發接近「叮噹」人物。

「IQ 蛋」雖然遠不如「叮噹」有名，沒有自立門戶的資格，但也曾經出現「合伙」組新刊的機會。1982 年 6 月，半月刊社為了增加收入，出版另外一本圖畫故事《漫畫樂園》。每期《漫畫樂園》收錄不同故事：創刊號有「傻大姐」「IQ 蛋」「鬼靈精怪」與「龍爭虎鬥」，以及一頁完的笑話與畫謎。《漫畫樂園》與《兒童樂園》同為三十六頁，由於收錄故事較少，每個故事篇幅隨之增加。像《漫畫樂園》創刊號中的「IQ 蛋」〈釣魚〉，共有十頁。

不過，「傻大姐」畢竟不是小圓圓，「IQ 蛋」也不是「叮噹」，新書反應不佳，最後只出版了四期就草草落幕。

《兒童樂園》第 683 期頁 28-29。第一次出現「IQ蛋」。故事主人翁小平的媽媽，半月刊社還做了人設，與原著野比大雄母親的造型並不相同。

《兒童樂園》第 1006 期頁 32-33。IQ 蛋故事隨着《兒童樂園》停刊而終結。不過，這時候，小平的媽媽已經「變」得與大雄的母親很像了。

《兒童樂園》第 497 期頁 28-29。

《兒童樂園》第 854 期頁 28-29。比較以上兩圖，可以看到半月刊社的畫家如何重繪「叮噹」故事而成「IQ 蛋」。

288

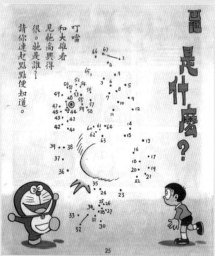

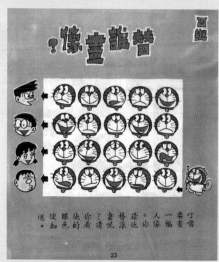

290

兒童樂園社出版

兒童樂園社出版

兒童樂園社出版

《叮噹》聖誕卡，半月刊社隨《叮噹》單行本第 33 期《人造鬼》附送。

下篇　一　樂園漫遊：《兒童樂園》內容巡禮